古城のエデン
～誰にも言えない兄妹の秘密～

Akane Arata
嵐田あかね

Honey Novel

Illustration

鳩屋ユカリ

CONTENTS

プロローグ

見上げれば雲一つない青空が広がって、陽光は丘陵《きゅうりょう》に広がる青々とした緑の絨毯《じゅうたん》を鮮やかに照らしていた。その上を、黒い顔をした羊の群れがのんびりと草などを食《は》んでいる。

ガタゴト。のどかな田舎道《いなかみち》を、引っ越しの荷物を積み込んだ馬車が走る。

小包みやトランクが座席まではみ出したせいで少々狭苦しくなってしまったが、そのお陰で大好きな兄とぴったりと寄りそっていられるのだから、コーディリアはとても満足だった。

コーディリア・フレミングは十三歳。

新雪のような清らかな肌に、ほんのりと染まる薔薇色《ばらいろ》の頬《ほお》。長い睫毛《まつげ》の目元はぱっちりとしていて、透明で大きな翡翠色《ひすいいろ》の瞳《ひとみ》に誰もが吸い込まれそうになってしまう。つんとした形のよい上品な鼻梁《びりょう》に、森で取れたさくらんぼのような小さな口元。ほっそりした顎《あご》には、柔らかく波打つゴールデンブロンドの絹糸のような髪がかかっている。砂糖菓子のような、甘い顔立ちの美少女だ。

その隣に座っている黒い僧服の兄アーネストも妹によく似た美貌《びぼう》の青年だ。

アーネストは司祭らしく清潔感のある白いカラーを覗《のぞ》かせた、漆黒のキャソックに身を包んでいる。すらりと縦に長い優美な立ち姿だが、近づくと均等の取れた肢体は意外と逞《たくま》しく、まるでギリシア・ローマの青年像のような若々しい魅力に満ちていた。

顔立ちはさらに完璧《かんぺき》だった。アーモンド型の瞳はとてもやさしげで、筋の通った鼻は高すぎず低すぎず。唇は薄い花びらのように形よく、上品で知的な印象を与える。欠点のなさが欠点というくらい、端整すぎる造形。

この三年というもの、兄が神学校へ通うために、コーディリアはずっと修道院に預けられていた。優秀な上、祓魔師《エクソシスト》という特別な才能があるアーネストは、神学校を卒業と同時にこの村の主任司祭に抜擢された。十九の若さで異例の出世である。

「引っ越しの片づけが一段落したら、街に買い物に行かなくてはね。お前も年頃の娘らしい支度がしたいだろう？　袖《そで》の膨らんだワンピースや、絹のリボン。花飾りのついた帽子とかね」

コーディリアはずっと清潔さだけがとりえの、飾り気のないワンピースに身を包んでいた。それに、踏みつけすぎてぺたんこになった靴を履いて、擦《す》り切れたお古のハンドバッグを膝《ひざ》に置いている。

「気を大きくして無駄使いをしていると、すぐにお金がなくなってしまうわよ」

「大丈夫だよ。引っ越しの支度金もいただいているし、主任司祭はそれなりの報酬もあるからね。これからは、何も遠慮しなくていいんだ。欲しいものがあったら、なんでも相談しなさい」

アーネストは瞳をやさしげに細めた。金色の髪も、長い睫毛も木漏れ日でキラキラと輝いている。それは、自分だけの力で妹を養ってゆけるという喜びが、心の内側から湧《わ》き上がってくる光なのかもしれない。

「うふふ、ありがとう。でも、急には思いつかないわ」

兄に愛情たっぷりに甘やかされて、コーディリアは幸せでいっぱいになる。

ドレスとアクセサリーが詰まった衣装戸棚。積み上げられた帽子箱。そして、可愛《かわい》い小物に囲まれた自分だけの部屋。それは、女の子の夢だろう。だが、コーディリアには、ずっと離れ離れだった兄と再び暮らせることの方が何よりも嬉《うれ》しかった。

馬車はなだらかな丘陵の谷間を抜けると、うっそうとした森へと入る。

そこは黒い枝が折重なって、日差しをすっかり隠してしまっていた。だが、耳を澄ませばたくさんの命の囁《ささや》きが聞こえてくる。小鳥のさえずり。風に揺れる枝葉。小川のせせらぎが、ひんやりと瑞々《みずみず》しい空気を運んできてくれる。息を深く吸い込むと、土と苔《こけ》が入り混じった、緑の匂《にお》いがした。

「お兄様、ここはとっても素敵なところね」

「ああ、自然はいいね。まるで解毒剤のように、文明の穢《けが》れを洗い流してくれる」

兄妹《きょうだい》は都会にいい思い出はなかった。それどころか、醜い人心に傷つけられた記憶をいつまでも消し去ることができない。

「ごらん。あそこが今日から僕らが暮らす城だよ」

黒い木々の向こうに、城壁に囲まれた古城がひっそりと佇《たたず》んでいた。円筒型の古めかしい天守《キープ》が、青空の下に堂々とそびえ立っている。

「あれは、ウィトリン・ホールって呼ばれているんだ。古い失われた言葉で、鏡の城という意味らしい」

「鏡の城……」

鏡ほど不思議なものはない。あれは、もう一つの世界に通じている秘密の入り口ではないかと思うことがある。そんなことをぼんやりと考えているとふいに強い風が吹いて、何万という木の葉が一斉に音を立てる。コーディリアの心も不思議とざわめいていた。

戦争のない平和な時代が訪れてからは、城の跳ね橋はずっと下ろしたままになっているらしい。大きな城門塔をくぐり抜けると、コーディリアは歓喜の声を上げる。

「わあ！　素敵！」

目の前には、美しい緑の庭園がどこまでも広がっていた。踏むのが躊躇《ためら》われるくらいなめらかな絨毯のような芝生《しばふ》。綺麗《きれい》に刈り込まれた灌木《かんぼく》。観賞用の湖にはアーチ型の橋までかかっている。湖の前には薔薇に囲まれた、円柱式のとびきりロマンチックなあずまやもあった。そこを通り抜けるだけで、柱に絡みつく薔薇の甘い香りにうっとりとした心持ちになる。

堅牢《けんろう》な城壁の内側に隠された、まるでエデンの園のような庭。コーディリアは一目でここを好きになっていた。

「こんなところで読書なんかしたら素敵でしょうね」

コーディリアがやや澄まして言うと、アーネストはくすりと笑った。

「きっと、お昼寝も最高だよ」

「もう、子ども扱いしないで！」

行動を見透かされていると思いつつ、コーディリアは頬を染めて抗議する。

「ははは、ごめんね。でも、気に入ってもらえて安心した。実はここ、ちょっとわけありの城なんだ」

「わけありって？」

「ここって、出るらしいんだ……」

「幽霊が？」

祓魔師を兄に持つコーディリアは少しも動じない。それに、コーディリアも兄ほど霊感があるわけではないが、見えざるものを感じる力はある。

「この村は古くから吸血姫《きゅうけつひめ》伝説があってね。それで、このウィトリン・ホールの城主は、吸血姫から村を守る使命を代々受け継いでいたんだ。でも、時世だね。ここの当主だった伯爵も、税金を納めるのが難しくなって、跡継ぎも絶えてしまって。そこで、条件つきで教会に寄付したいという申し出があったんだ。使命を代行できる、特別な力のある聖職者を赴任させてくれってね」

「確かに、それはお兄様しかできないお仕事ね」

「本当は、助祭を何年も務めなければ、一つの教会を任せてもらうなんてなかなかないことだからね。それに、誰の世話にもならないで、二人で暮らせるんだよ！」

アーネストも思いがけぬ幸運に舞い上がっているのか、白い頬をうっすらと上気させている。兄の言葉にコーディリアは胸がいっぱいになった。

「うん。私たち今度こそ幸せになるんだわ……」

コーディリアは甘えるように兄の手のひらに手を滑り込ませた。その気持ちが伝わったのか、アーネストも力強く妹の手を握り返す。

御者《ぎょしゃ》が荷物を運び入れる間、二人は荘園のあちこちを散策してまわった。

美しい林檎《りんご》の果樹園には、蜂《はち》を飼う巣箱があった。それに、城館の中庭には手入れの行き届いたハーブ園や菜園も。どうやら、生活に必要なものは、ある程度ここでまかなえるようになっているようだ。

「蜜蠟《みつろう》を取ることができたら、蠟燭《ろうそく》は買わなくて済むわ。それに、美味《おい》しいはちみつを毎日食べられるのよ。とっても、素敵！」

「そうだね。村の様子がわかってきたら、手伝いの人に来てもらうことにしよう」

それから、堂々とそびえ立つ石造りの天守《キープ》の中に入る。中は見上げるほど高いグレートホールになっていた。天井には規則正しくステンドグラスのアーチ型の窓があり、ひんやりとしたホールに、幾重にも日が射《さ》し込んでいる。大きなタペストリーの前には、背もたれの高い椅子《いす》が二つ。城主と奥方のものだったのだろうか？　それに、長い長いテーブルもあった。きっと、お城に仕える騎士や小姓《こしょう》たちが、ここで日々食事をしていたのだろう。耳を澄ますと遥《はる》か時空を超えて、彼らの賑《にぎ》やかな話し声まで聞えてくるようだ。

「でも、すごいわ！　お兄様が城主になるなんて」

「う？　うん……でも僕、城ってなんか苦手なんだ……特にこの城の感じって……」

生返事をするアーネストの顔は、どこか青ざめていた。さまよう視線は、まるでここではない別の世界を見据えているようだった。兄は時々、こういう瞬間がある。心だけコーディリアも知らない、どこか遠くへ行ってしまう。

「お城が苦手？」

コーディリアの間に、アーネストはふと我に返る。

「あっ いや、なんでもないよ。ただ、人を雇う余裕もなくて、城館以外の管理は行き届いていないという話だったけれど、どこも放置されていたとは思えないくらい綺麗に整えてあるものだから。それに、ここの庭も誰が手入れしているのかなって……」

アーネストは先刻からいささか不可解そうな顔をしている。

最後に辿《たど》り着いたのは礼拝堂だった。背後にある崩れた石壁は森へと続く抜け道になっている。

礼拝堂はこの敷地内でもひどく秘密めいた印象だった。敷き詰めた石の隙間《すきま》には苔が生い茂り、朽ち果てた中にも歴史を感じさせる厳《おごそ》かな雰囲気に包まれている。

コーディリアはなんだか急に落ち着かない気分になった。鋲《びょう》の打ちつけてある巨大なオーク材の扉に手を当てると、何かが自分を呼んでいるような気がした。

「ねえ、お兄様。ここの中も、ちょっと見ていい？」

「うん、そうだね。手入れをしてなんとかなりそうなら、クリスマス礼拝や特別な日用に使うのもいいかもしれない」

アーネストは腰に下げていた鍵束《かぎたば》を、順番に試していた。

「あっ、これだ！」

真鍮《しんちゆう》の鍵がカチッと小気味よい音を立てる。扉にかかっていた重たい閂《かんぬき》をずらすと、ギギッと軋《きし》んだ音がした。コーディリアは見えない糸に手繰り寄せられるように、扉を左右に開け放つ。

それは決して開いてはならない、禁断の扉だったというのに……。

ボーン、ボーン、ボーン。

ウィトリン・ホールの古い大時計が鳴り響いて、三時を告げていた。

「あら、どうしましょう！　もう、こんな時間！　早く学校へ戻らないといけませんわ。さあ、あなたたち、帰りましょう！」

村の唯一の学校で教師を務めるミランダ・ヘイムズは妹たちをせっついた。

「ええっ！　いや、わたしもっとコーディリアと一緒にいたいわ！」

ずっとご機嫌だったヘイムズ家の末っ子、十歳のドロシーはぶうぶうと口を尖《とが》らせる。次女のメアリーはコーディリアと同じ十六歳。おとなしい性格なので面と向かって姉に歯向かったりはしないが、やはりまだここを立ち去りたくないらしい。つづれ織りのカバーのかかった椅子からなかなか腰を上げようとしない。

「妹は日頃、歳《とし》の近い友だちと話す機会がありません。もしよろしかったら、妹さんたちだけでも、お茶におつき合いいただいてもよろしいでしょうか？　帰りは馬車でお送りしますよ」

アーネストのとりなしに、少女たちはぱっと顔を明るくする。

「ヘイムズ先生、私からもお願いします」

車椅子に腰かけたコーディリアは、儚《はかな》い笑顔で微笑《ほほえ》む。

すると、ミランダははっと胸を打たれた顔をして何度も頷《うなず》いた。

謎《なぞ》の奇病にかかってから三年。コーディリアは一度も学校へ通ったことがない。

コーディリアの境遇に大いに同情したミランダは勉強の進み具合を確認したり、妹たちを連れてきてはコーディリアの遊び相手をさせたりと、何かと親身になってくれていた。ヘイムズ家が敬虔《けいけん》な信徒であったことから、アーネストも交えて今では家族ぐるみで親しいつき合いをさせてもらっている。

「ええ、ええ。もちろんよ。妹たちが貴女《あなた》のお役に立つのなら、お言葉に甘えさせていただきましょう。メアリーもドロシーもお行儀よくするのですよ。私は仕事を残してきているので戻らなくてはなりませんが……」

そう言い残してミランダが慌ただしく立ち去ると、ドロシーは黄色い歓声を上げた。

「勉強はこれくらいにして遊びましょう！　ねえ、いいでしょ、コーディリア！」

アルファベットの書き取りにすっかり飽きてしまったドロシーは、石盤を机の脇へ追いやった。

「そうね。ちょっと休憩しましょうか」

「ねえ、何して遊ぶ？　カード？　すごろく？　ビー玉もあるのよ！」

「あら、呆《あき》れた。勉強の道具にしては、やけに荷物が多いと思っていたのよ」

メアリーは呆れ顔だったが、ドロシーはちっとも悪びれない。コーディリアは、大きすぎる車椅子から身を乗り出して、姉妹のお喋《しゃべ》りに楽しそうに耳を傾けていた。

「コーディリアは、静かに読書の方がいいかしら？　それとも、そこのピアノで何か一曲弾いてあげましょうか？」

メアリーは身体《からだ》の弱いコーディリアを気遣うように問いかける。

「ううん。すごろく遊びなんて面白そうね。ぜひ、やってみたいわ」

「じゃあ、決まり！　神父様もどうぞ」

ドロシーは少女雑誌のふろくをテーブルに広げると、サイコロをアーネストに差し出した。

「いや、僕は遠慮しておくよ」

「えー、つまんない！」

アーネストが立ち去ると、ドロシーはぶうぶうと不満げだった。

「お兄様はみんなのために、美味しいお菓子を焼いてくださっているのよ」

「ねえ、コーディリア。あなたのお家《うち》はどうしてメイドを雇わないの？　こんなに大きなお城だから、お掃除をどうしているんだろうって、お母さんがとっても不思議がっているの」

ドロシーはサイコロを転がしながら、夢中でお喋りを続けている。

「そっ、そうね……お兄様は、身の回りのことを自分でするのも修業だからとおっしゃっていたわ……」

「さすが、神父様。心掛けがよろしいのね。私も見習わないといけないわ」

メアリーは感慨深げに、胸に手を当てていた。

そんな、姉妹の無邪気で純粋な様子に、コーディリアの胸にチクリと棘《とげ》が刺さる。

「それに、ここって化け物館《やかた》なんでしょ？　大昔から吸血鬼が森に出るって大人が噂《うわさ》しているの。それに、お屋敷には幽霊も住んでいるって。コーディリアは一人でお留守番怖くないの？」

「もう！　ドロシーは黙って！」

メアリーは歯に衣着《きぬ》せぬ妹に少し苛立《いらだ》っているようだった。ドロシーは年の割には幼いところがあるので、世話をするメアリーにとっては頭が痛いところである。

「ごめんなさいね、コーディリア。気を悪くしないで」

「ううん、大丈夫よ。ドロシーと話すのは楽しいわ。妹ができたみたいで」

しばらく少女たちが他愛のないお喋りに夢中になっていると、トレイを手にしたアーネストが部屋に戻ってきた。トレイには清潔な白いリネンがかかっており、今日は女の子が好みそうな白磁に可愛い花の絵付けがしてあるティーセットを用意していた。

「ああ、いい匂い！　ジンジャークッキーだわ！」

「うん。僕のお手製なんだ。隠し味にシナモンとカルダモンもたっぷり入っているよ。君たちの口に合うといいのだけれど。お茶はミルクティー？　それともお砂糖たっぷりの方がいいかな？」

「わたし、どっちも！」

ドロシーは犬のように鼻をヒクヒクさせ、嬉しそうにトレイを覗き込んだ。

「じゃあ、私はそろそろ部屋に戻るわね」

コーディリアの言葉に、ドロシーはふに落ちない顔をしていた。

「ねえ、コーディリアはなんで、いつも一緒にお茶にしないの？」

「あっ……あのね……」

コーディリアはうつむいて、答えに窮《きゅう》した。

「ドロシー！」

メアリーは慌てて妹の口を両手で覆う。

アーネストは屈《かが》んで膝《ひざ》を突くと、ドロシーの顔を寂しげに覗き込んだ。

「コーディリアは、病気だからね。紅茶やお砂糖は刺激が強くて、身体に悪いんだ。香辛料やバターの匂いをかいで、気分が悪くなっちゃうこともあるんだよ。ドロシーも大人が大好きで食べているものが、苦かったり、からかったりするだろう？」

「こしょうやコーヒーみたいに？」

どんぐりのようなヘーゼル色の丸い瞳をくりくりとさせている。

「うん、そうだよ。でも、病気が治って元気になったら、なんでも食べられるようになるんだ。そうしたら一緒に、お茶をしてあげて。ねっ？」

アーネストが噛《か》んで含めるように説明をすると、ドロシーは神妙な顔をして頷いた。

「私のことは気にしないで、みんなでお茶を楽しんでね。また、後で遊びましょう」

コーディリアは悲しげに微笑むと、力なくその場を後にした。


それから、どれくらい経《た》っただろう。

窓から見える森は影のように黒く、夕日は不吉な感じのする赤色に染まっていた。そろそろ、アーネストがここに来るはずだ。いつも、自分の部屋で待つこの時間が長い。

獲物を求めて舌なめずりをする浅ましい衝動と、このまま消えてなくなってしまいたいと願う人間らしい羞恥心《しゅうちしん》。二つの相反する気持ちが、いつでも小さな胸でせめぎ合っていた。

「……コーディリア、僕だよ」

沈んだ声がして、扉が静かに開いた。アーネストが胸に抱いているのは、ドロシーだった。いつものように、お茶に仕込んだ睡眠薬の効果で安らかに眠っている。

「なぜ、いつもドロシーを連れてくるの？」

「彼女が一番、都合がいいんだ」

アーネストは羽の詰まった寝台に、そっとドロシーの身体を横たえた。

「可哀想《かわいそう》だわ……」

そんなことを言える立場ではないのだが、ついそんな安い同情心が起きてしまう。

「メアリーは年頃だ。街へ出掛ける時に、大人のように髪を結い上げたりするかもしれない」

アーネストはドロシーの栗色《くりいろ》の髪を、そっと掻《か》き上げる。

ブラウスの襟《えり》を緩めると、いとけない少女の細い首筋が露《あら》わになった。

「ドロシーは一人で身支度をできる年頃だが、髪を結い上げるのは当分先だ。さあ、コーディリア。彼女やメアリーが目を覚まさないうちに、急いで……」

コーディリアはドロシーのうなじに顔を寄せた、彼女の放つ少女の体臭はミルクのような匂いがして、とても美味しそうに感じられた。思わず舌なめずりをすると、アーネストが仄《ほの》暗《ぐら》い顔をしてこちらを窺《うかが》っている。

(こんなの、もう嫌……)

コーディリアに親切にしてくれている先生の信頼を裏切り、罪のない友だちを穢すような行為はとても辛《つら》いことだ。それに、こんなことに聖職者である兄を巻き込んでしまうなんて。

コーディリアはひどく罪の意識を感じていた。

(でも、もう我慢できない)

コーディリアは小さな鋭い牙《きば》を、ドロシーの首筋に突き立てた。

「んっ……」

ドロシーは一瞬、小さな喘《あえ》ぎを零《こぼ》した。だが、目覚める様子もなく、眉《まゆ》を顰《ひそ》めたまま深い眠りの淵《ふち》をさまよっている。牙を伝って咽喉《のど》に流れ込む血液のなんと旨《うま》いこと。コーディリアはうっとりと瞳を閉じて、最初の一滴をごくりと飲み込む。あれほど身を苛《さいな》んでいた、飢えが、乾きが癒《いや》されてゆく。もう一滴、もう一滴と、最初は躊躇いがちに口に含んでいたものが、しだいにエスカレートして、鬱血《うっけつ》するほど首筋をきつく吸い上げていた。夢中になってごくごくと咽喉を鳴らすようになれば、コーディリアの頭は血を吸うこと以外何も考えられなくなっていた。

「もう、お終《しま》いだ！　コーディリア！　やめるんだ！」

アーネストの悲痛な叫び声ではっと我に返る。おそらく、制止されなければ最後の一滴さえも貪《むさぼ》っていただろう。アーネストは二人の間に入ると、性急にドロシーを引き離した。

「ああ……私……」

コーディリアは自己嫌悪に陥りながらも、唇に残った血が美味しくて舐《な》めるのを止められない。朱の唇に残る血の残滓《ざんし》を浅ましく舐め取る姿を、兄がうつろな瞳で見つめている。

ああ、本当に嫌だと、心の中で呟《つぶや》く。

飢えと渇きが癒され、次第に正気に返ると、今度は激しい罪悪感に襲われる。こんな行為を聖職者である兄がどんなに醜いと、汚らわしいと思っているだろう。

胸は塞《ふさ》がり、怖くて兄を見上げることもできない。

「ごめんなさい……こんなこと、私だってしたくないのに……」

本当は声を上げて泣き出してしまいたかった。だが、この命のない身体は、人間らしく涙を流すことも叶《かな》わない。アーネストは罪にわななく妹をそっと胸に抱いた。

「わかってる。お前は、病気なんだ。だから、自分を責めないで。病気は辛抱強く治療すれば治るんだよ。僕は、必ずお前を元に戻す方法を見つけ出すから……」

神父である兄の清らかな腕が、不浄の身体をぎゅっと抱きしめてくれる。

「うん……」

呪《のろ》われた吸血鬼になっても、兄は何一つ昔と変わらずに慈しみ、愛してくれている。

その温かな胸の中で、コーディリアは切なげに瞼《まぶた》を閉じた。


コーディリアが呪われた身体になってしまったのは、三年前に礼拝堂の扉を開いてしまったことに端を発する。

墓所のような静寂に包まれた礼拝堂には、たいそう立派な聖ミカエル像が祭壇に祀《まつ》られていた。その像を動かすと地下へ続く四角い穴がぽっかりと開いていた。下りてみると、そこはウィトリンの一族が眠りについている神聖な場所のようだった。中でも特に目を引いたのが、豪華で美しい細工の施された白い棺《ひつぎ》だ。

『聖ミカエルは異教の神を調伏する天使なんだ。この一族は何か禍々《まがまが》しいものをここに封じていたのかもしれない……それに、この礼拝堂や周囲の雰囲気もどこか妙な感じがする』

もう、ここには立ち入らない方がいい。そう、鍵をかけた時にはもう遅かった。

気がつかぬ間に、伝説の吸血姫は白い棺から目覚めてしまっていたのだ。

その晩から、コーディリアは不思議な夢を見るようになった。

そこは、あの礼拝堂だった。足元には粉々になった聖ミカエル像が散らばっている。

中世の貴婦人のドレスを纏《まと》った、金色の髪の美しいお姫さまがおいでおいでと手招きする。

彼女はいつも銀色に輝く丸い月を背にしていた。

そして、朝目覚めるとコーディリアの首筋に嚙んだような痕《あと》が残っていた。

アーネストが異変に気づいた時には、すでに手遅れだった。吸血姫は滅ぼされたものの、コーディリアはその餌食《えじき》になってしまったのだ。

突如、足場が崩壊して、奈落《ならく》の底に突き落とされる思いだった。やっと、兄と二人でごく普通の幸せな生活を送れるはずだったのに。それを目前にして人の心などない、汚らわしい吸血鬼になってしまうのだ。コーディリアの嘆きは深かったが、アーネストはそれ以上に苦しんだ。

ところが、いささか奇妙ななりゆきとなった。

コーディリアは吸血鬼らしく、神様も光も十字架も恐れる。だが、それで滅ぼされるわけでもなく、ただ精神的に怖いというだけなのだ。

そして、血液を欲しがるのも満月の晩だけ。

本来なら、人格をしだいに失ってゆき吸血鬼特有の浅ましさが露見するはずなのだが、性格もコーディリアのまま。こんな症状はアーネストにもまったく謎だという。

アーネストはこの状態を『半吸血鬼化』と仮定した。

秘《ひそ》かにこれを救うための研究を続けているが、今のところ、手がかりすら摑《つか》めていない。

城館では兄妹の息の詰まる、憂鬱《ゆううつ》な日々が続いていた。

一章　突然の来訪者

コーディリアは夕方になると目を覚ます。吸血鬼の身体が光を恐れるからだ。

「おはよう、うさちゃん」

コーディリアは眠たげな目を擦《こす》りながら伸びをして、ふりふりのドレスを着た可愛らしいうさぎのぬいぐるみに挨拶《あいさつ》をする。これはその昔、一人で眠れなかったコーディリアのために、アーネストが買ってきてくれたものである。ビロードの滑らかな生地は抱き心地がよく、緑色のビー玉の瞳はキラキラしている。もうぬいぐるみを抱いて眠る歳でもないのだが、城館から出ることの叶《かな》わないコーディリアの唯一の友だちだ。

コーディリアは寝台から下りると、スリッパを履いて毛足の長い赤い絨毯を踏みしめた。

優雅に湾曲した椅子とテーブルセット、おしゃれな装飾が施された鏡台。白い家具で統一された室内は、うすい薔薇模様の壁紙に囲まれていた。バルコニー付きの長窓にはピンク色のビロードのカーテンとレースのカーテンがかかっている。暖炉《だんろ》にもサイドテーブルにも季節の花が飾られて、これ以上ないくらいロマンチックな設《しつら》えになっていた。外へ出られなくなってしまったコーディリアを慰めるために、兄が金銭的にかなり頑張って調《ととの》えてくれたのだった。

夜行性のコーディリアは日が完全に沈むまでは身体がだるいので、兄が帰るまでは車椅子に座って、自分の部屋で趣味の手芸などを嗜《たしな》む。今はクリスマスのプレゼント用に、兄の膝掛けを編んでいるところだ。とにかく、時間だけはたっぷりあるので、毛糸を何色も使って、冬にふさわしい凝った意匠のものを制作中だ。アーネストの身の回りは、年々、コーディリアの手芸の品で溢《あふ》れ返るようになっていた。

(今年もお兄様、喜んでくださるかしら)

兄の喜ぶ顔を想像しながら、編み棒を動かすのがコーディリアの至福のひと時である。そんな作業に没頭していると、いつのまにか窓の外は夕焼けから宵闇《よいやみ》に移り変わり、一番星が輝く時刻になっていた。

「もう、こんな時間!」

コーディリアは手を止めると、いそいそとキッチンへ急ぐ。

城館の長い回廊を歩いていると、影のように輪郭のない執事と擦れ違った。

「こんばんは、執事さん」

時代がかったお仕着せと、白粉を叩《たた》いたかつらに身を包んだ中年の幽霊は、陰鬱な顔で優雅に会釈をする。

この城館は、ちょっと出るどころの騒ぎではなかった。

礼拝堂の魔が為《な》せる業《わざ》なのか、幽霊はこの古城のいたるところにうようよと住み着いている。彼らはこの城館に奉公していた故人の霊であり、年代も姿もさまざまである。アーネストは幽霊たちを解放すると話を持ちかけたのだが、彼らはそれを『解雇』と受け取ったらしく拒否された。

霊体だが掃除など簡単な雑用なら彼らでも事足りる。

コーディリアは人目を忍ぶ身の上なので、用心のために召使いを雇い入れるわけにもいかない。

ならばと、双方は合意に至った。彼らには生前と同じく働いてもらうことになり、この城館はいまや幽霊の召使いでいっぱいになっていた。


幽霊の召使いたちは勤勉であるが、さすがに料理だけは任せられない。コックの幽霊もいるにはいるのだが、彼らは人間の味覚などすっかり忘れてしまっているからだ。だから、兄の食事を準備するのはコーディリアの仕事だ。だが、あれから三年。コーディリア自身も味覚を忘れつつあった。

だが、聖職に身を捧《ささ》げ疲れて帰ってくる兄のために、なんとか美味しいものを作ろうと『ビートン夫人の料理書』を片手に悪戦苦闘する。どっしりとした直火《じかび》式レンジの火床でいんげん豆を煮込みながら、備えつけの固定式オーブンで茎の赤いルバーブがたっぷり詰まったパイを焼く。こんがりただようバターのいい匂いも、血を好む今のコーディリアにはなんとなく不快だった。

コーディリアは夕食の準備を終えると、玄関ホールに立ちそわそわとする。

独りぼっちのコーディリアはいつだって、アーネストの帰りを待ちわびている。

大時計の振り子が鈍くボーンと鳴り響くと同時に、玄関を叩くノッカーの音がした。

「おかえりなさい、お兄様！」

息を弾ませ玄関の扉を開けたコーディリアは、びっくりしてその場に固まってしまった。

だが、目の前の見知らぬ男も同じように驚いていた。そうだ、もし兄ならば、ノッカーなど押さずに入ってくるだろう。コーディリアは自分の早合点を後悔した。

「どなた様ですの……？」

急に恐ろしくなって、気弱に問いかける。すると、男は豪快に笑った。

その男は歳の頃は、三十前後くらいだろうか。見上げるほどに背の高い、がっちりと逞しい身体つきの偉丈夫である。ブルネットのぼさぼさの散切りの長髪に、強い琥珀色《こはくいろ》の瞳が印象的だった。高い鼻梁と締まった口元が精悍《せいかん》な印象を与える。服装はというと、レザーのマントを肩にひっかけ、黒色のシャツのボタンは胸元まで外して、おまけに膝の擦り切れたジーンズに、泥で汚れたロングブーツという出《い》で立《た》ち。

このあたりの保守的な人ならば彼を一目見ただけで、胡乱者《うろんもの》と眉を顰めるだろう。

アーネストは職業柄いつもきちんとした身なりをしており、立ち振る舞いも、面立ちも男の粗野な雰囲気とはかけ離れた存在である。目の前の男は野性的で、荒々しい印象だった。

「そんなに怖がりなさんな、お嬢さん。俺はヴァレンタイン・ウィングフィールド。ただの道に迷った旅人が、一夜の宿をお借りしたいと伺っただけだ。それで、こちらのご主人様はおられますかな？」

「あっ、兄は……」

言いかけて、言葉に詰まる。兄から正直に一人で留守番であると教えるのは、危険であると戒められていた。コーディリアが返事に窮していると、ちょうど、アーネストが帰ってきた。

「コーディリア、どうしたんだい？　物売りかい？」

星明かりを背に、暗がりから兄の姿が近づいてくると、コーディリアはほっと安堵《あんど》した。

今、この男に告げられたことをそのまま伝える。

「はあ、それはさぞお困りのことでしょうね……」

そう言っているアーネスト自身が、急な来訪者にあからさまに困った顔をしている。

「我が家は建物こそ立派ですが、使用人も置けぬ質素な暮らしです。十分なお構いもできないと思うのですが……」

普通の人ならば歓迎されていない雰囲気を察知しそうなものだが、この男は結構ずうずうしいようだ。

けだからな」

「別にお構いいただかなくて結構だ。なあに、ちょっと雨風をしのげる場所があればいいだ

　そう言いながら、もう体半分を玄関の中に割り込ませている。これには、アーネストとコーディリアも開いた口が塞がらなかった。よく似た兄妹は何か言いたげに、しばしお互いの顔を見合わせていた。

「コーディリア。僕は、その色々と……客室の支度などをしてくる」

　ふっと、アーネストは溜め息《たいき》をつくと、諦《あきら》めたようにこの男を城館に招き入れた。

「お前は、お客様を応接室へご案内して。お茶も出して差し上げなさい」

「はい、お兄様」

　コーディリアは兄の隠されたメッセージを感じ取って、緊張にしゃんと背筋が伸びる。きっと、幽霊の召使いたちを隠しにいったのだ。上手く時間を稼がなくてはならない。

　コーディリアはアーネストが作り置きしていたクッキーをお茶受けに出したのだが、ヴァレンタインは甘いものはそんなに好きではないらしく、長旅で腹が減っていると言う。そこで、いんげん豆の煮込みと、できたてのパイを切って簡単な軽食を用意した。

「兄のために用意したものなので、お口に合わないかもしれませんが」

「確かに、いんげん豆の煮込みは湯のような味だし、パイは焼きすぎで硬い」

ヴァレンタインは冗談交じりに顔をしかめたが、豪快にそれを平らげた。

「貴女は食べないのか？　兄上の帰りを待っていたのなら、君もまだだろう？」

「いいえ、私は後で結構ですので……」

「せめて、お茶だけでもつき合ってはどうだ？」

同じテーブルについているのに、先刻から紅茶すら口にしないコーディリアを慮《おもんぱか》ったように問いかける。

「私は……あまり食欲がないので……」

華奢《きゃしゃ》な身体で力なく答えると、急にヴァレンタインは真顔になった。

「それはよくない。貴女くらいの年頃は、もっとたくさん食べないといかん」

さあさあと、クッキーをコーディリアの目の前に差し出す。今のコーディリアの食糧は血液で、人間の食べ物など身体が受けつけない。もし口に含んだとしても砂を噛むような、悲惨な味しかしないだろう。それに、これでは餌《え》づけされている動物のようではないか。ちょっと、馬鹿にされているような気がして、むっとしてしまう。

「お気遣いありがとうございます。後でいただきます」

コーディリアはツンとした顔をしてそっぽを向くと、クッキーをテーブルに戻した。

「ところで、先ほど、君の兄上は召使いもいないと言っていたが、こんな大きな城館で不便ではないか？」

ヴァレンタインは食事が済むと、自由気ままに室内を闊歩《かっぽ》していた。

（お呼ばれしているのに、じっとしていないんだ）

数々のずうずうしいと態度に呆れはするものの、だが不思議と嫌な感じはしなかった。きっと、彼があまりにも自然にそうしているからかもしれない。ヴァレンタインはマントルピースに寄りかかると胸元からシガレットを取り出し、おもむろに煙をくゆらせた。

「ええ、そうかもしれません。でも、使っている部屋はごくわずかですから」

「だが、その割に、綺麗に維持できている。掃除は貴女が？」

こんな問答が続くとコーディリアはだんだん、不安になってくる。あたりまえの質問に上手く答え、疑念を感じさせないようにするのは至難の業である。彼にしてみれば、世間話なのだろうが、コーディリアには尋問のように感じられる時間が続いた。

「ほう、では君は学校には通っていないのか」

「ええ……勉強は兄に教えてもらっているので……」

「そんなに、具合が悪そうには見えないぞ」

ヴァレンタインは身を乗り出して、じっとコーディリアの顔を覗き込んだ。突然、至近距離で大人の男に見つめられて、コーディリアは息を呑《の》む。吸血衝動のあるコーディリアには、ヴァレンタインはある種の魅力的な匂いがする男だった。どこか、兄と同種の匂いがするとでも言おうか。

彼の鷹《たか》のような目力の強さに耐えられず、コーディリアは不安げに視線を泳がせる。

「若い娘さんが、こんな寂しい城館で兄上の帰りを待つだけの生活はとは、あまり健全なことはいえないと思うが？　先生や学友のみんなだって、君の事情をわかった上で受け入れてくれると思うぞ」

顔を逸《そ》らしたのに、ヴァレンタインの目は執拗《しつよう》にコーディリアを追っている。

「そう……ですね……」

まるで、この男が自分たちの秘密を暴こうとしているように感じられた。コーディリアは不安を紛らわせるように、いつのまにかワンピースの裾《すそ》をぎゅっと握りしめていた。

「あまり、妹を質問攻めにしないでください。疲れてしまいますので。それから、館内は禁煙でお願いします。ここを綺麗に維持することも私の役目ですから。それに、あなたの健康のためにもよくありませんよ」

支度を終えたアーネストは、渋い顔をして戸口に立っていた。そのまま、コーディリアの後ろに立つと、ヴァレンタインに警戒気味な視線を投げかける。初めて厄介になるのにもかかわらず、他人の家庭の事情を根掘り葉掘り詮索《せんさく》をするという無礼を、暗になじっているようだった。

「何、ただの世間話だ。気を悪くされたのならすまなかった」

ヴァレンタインはあまりすまなさそうな顔もしないで、暖炉にぽいと吸殻を放った。そのふてぶてしい様子に、アーネストは憮然《ぶぜん》とした面持ちをしていた。

彼は吸血鬼伝説を調べるために、世界各地を旅しているということだった。見た目はそう見えないが、実は民俗学者か何かなのかもしれない。村人から聞いた吸血姫伝説にも大変興味を持ったので、しばらくここに世話になると勝手に決め込んでしまった。

この招かれざる客が現れて一番やっかいなのは、コーディリアが満月の晩に吸血衝動を起こすことだった。その時のコーディリアは完全に理性を失い、人の血液を与えなければ、一晩中、獣のような呻《うめ》き声を発しては暴れるのだ。アーネストはなんとか出ていってくれるように頼んでいたのだが、ヴァレンタインはのらりくらりとそれをかわしている。出ていくつもりはないようだ。

そして、ついに恐れていた満月の晩を迎えてしまった。

夕刻に近づくと、コーディリアはそわそわと落ち着かなくなった。このまま、夜になれば、血を求めて狂ったように暴れ出すことは必至である。これまでは、少女たちに害を与えないよう細心の注意を払いながら血を分けてもらっていたが、今夜ばかりはヴァレンタインがいつ戻るかしれないので、アーネストは誰も城館に呼ぶことができない。

「コーディリア、お前は嫌かもしれないけれど……」

アーネストはドアにしっかりと鍵をかけると、カーテンをぴたりと閉めきった。ひどく思い詰めた顔をして息を潜めながら、じっとコーディリアの様子を窺っている。

「どうするの……」

コーディリアの声は小さく震えていた。兄が何をしようとしているのかわかってはいる。だがそれを口にするのが恐ろしい。アーネストはフルーツ用の小刀を手にすると、自らの人差し指を軽く傷つけた。白い繊細な指先から、鮮紅色の血をぷっくりと滲《にじ》ませる。

「いっ、いや……それだけは嫌……」

コーディリアは顔を歪《ゆが》ませて、恐ろしげに首を振った。

「もう、これしかないんだよ。聞き分けてくれ」

「いや……お兄様の血を飲むなんて……」

これ以上、兄の徳を貶《おとし》めたくない。これまでだって、ずっと兄の血を貰《もら》うことだけは頑《かたく》なに拒んでいたのに。コーディリアは、いやいやと絹糸のような金髪を乱した。だが、心に反して、わずかな血の匂いにもコーディリアの嗅覚《きゆうかく》は敏感に反応してしまう。兄が差し出した血を流す人差し指に、いつしかギラギラとした視線を絡ませてしまっていた。

「彼に気づかれる前に、お前に落ち着いてもらわないといけないんだ。さあ……」

アーネストは妹の唇の隙間に強引に人差し指を差し込もうとする。コーディリアはぎゅうっと唇を噛み締め侵入を拒んだ。

そこで、アーネストはやり方を変えることにした。

まるで、紅でも引くかのように、やわらかな唇の輪郭をそっと指でなぞり血液を付着させる。人形のようにあどけない顔をしたコーディリアの唇が朱に染まると、ぞくりとするような背徳的な色香がただよった。

「コーディリア……」

アーネストはひどく虚《うつ》ろな瞳をして、写し鏡のような妹の顔に吸い寄せられていた。

「もう……もう……だめなの……」

コーディリアが緊張でごくりと咽喉を鳴らすと、微《かす》かに血の味が口の中に広がる。

理性は弱々しくどこかへ消え去り、衝動の赴くままに血を求める本能が全身を支配する。

唇の血を何度も浅ましく舐め取っていると、アーネストは親指の腹で唇の裏側をねっとりとなぞった。兄に唇の粘膜を撫《な》でられるという妖《あや》しい行為に、形容しがたい胸のときめきをコーディリアは感じていた。

「欲しいのだろう？　我慢をしなくていいんだよ……」

細長い指で口の中を掻きまわされると、舌先に血の味が染みる。

「ああっ……」

悲しさと恍惚《こうこつ》に胸が震える。兄の血のなんと旨いこと。それは、他の少女の血とは比べものにならない。コーディリアの手はいつのまにか、兄の腕を強く摑んで、引き寄せていた。

歯列をなぞっていた指にちゅぱっと水音を立てて舌を絡ませる。勢いよく啜《すす》ってしまうと血流が悪くなるので、細長い指にチロチロと舌を絡めては、丹念に傷口を味わおうとしていた。

「コーディリア……美味しいのかい……？」

アーネストは鈍い痛みに眉を歪めながらも、コーディリアの頭をそっと撫でてくれていた。痛みを堪《こら》える兄の姿にはふるいつきたくなるような色香があって、コーディリアはいっそたまらない気持ちになる。八重歯のような小さな牙を突き立てると、傷口が広げられ血を噴出させた。

「うあっ！　ううっ……」

アーネストは固く目を瞑《つぶ》って、呻きを発した。その、上ずった声がコーディリアを一層、興奮させる。コーディリアは無我夢中で、だらだらと血を流す白い指先にむしゃぶりついた。だが、指から流れ出す血では、全然物足りない。コーディリアは砂糖菓子のようにとろけそうな顔をして、痛みに堪える兄をじっと見上げていた。兄の白い咽喉元に牙を立てて食らいついたら、どんなに美味だろう。そんな、抑えがたい欲望が湧き上がる。

「こっ、コーディリア！　ダメだ！　もう、いけないよ！」

いつもならば、もう満足できる量のはずだった。だが、もっと、もっと貪りたい。このまま、兄を永遠に貪っていたい。コーディリアは牙を剝《む》き出しにして兄に襲いかかると、二人は絨毯の敷かれた床にもつれて倒れ込んだ。

「もう、頭がおかしくなりそう。お兄様の血が全部、欲しいの」

コーディリアは糖蜜のような甘えた声で懇願すると、兄の胴にまたがった。アーネストは冷や汗をだらだらとかきながらも、しなだれかかって自分を誘惑する妹から目を離せない。コーディリアはわずかな抵抗さえ見せない兄の首筋に舌を這《は》わせ、広げた舌でざりざりと舐め上げる。

「お兄様は、いい匂いがする……」

コーディリアは子猫のように兄の首筋に顔を擦りつけながら、血に染まった唇で白い咽元にきつく吸いついては鬱血させる。

「やっ……やめるんだ……」

アーネストは掠《かす》れた声で、弱々しく訴えた。

「痛くないわ。きっと、気持ちがいいの……」

首筋への吸血は吸う方も、吸われる方も快楽を伴う。吸血鬼だけに許された、無上の愉悦がそこにはあるのだ。コーディリアは夢中で、何度も兄の滑らかな首筋に吸いついた。

「あっ……コーディリア……本当に、だめだよ……」

ちゅうと激しい水音がして、アーネストは首筋に無数のキスの痕をつけられる。その妄《みだ》りがましい行為に、アーネストは頬を真っ赤に上気させていた。恐怖に打ち勝とうとする理性は今にも崩れ落ちてしまいそうで、翡翠の瞳は悩ましげに揺らいでいる。

「お兄様を全部、ちょうだい……」

熱い身体にぴたりと寄り添って、首筋にうっとりと顔を埋《うず》める。兄のうなじから立ち昇る匂いは極上の美酒のようで、息を吸い込むだけでクラクラと酔ってしまいそうだった。

そのまま、アーネストの首筋に牙を突き立てようとしたその時だった。

「そこまでだ！」

突如、邪《よこしま》なものを圧する凜然《りんぜん》とした声が響き渡り、何かが稲光《いなびかり》のように瞬《またた》いた。

「いやあぁ！」

突如、コーディリアの背に雷に打たれたような衝撃が走る。そのまま、すうっと力が抜けてゆく。朦朧《もうろう》とした意識の中で声の主を見やると、十字架を掲げたヴァレンタインが戸口に立っていた。

アーネストはぐったりと力なく崩れ落ちた妹を、庇《かば》うように抱き込んだ。予期せぬ、突然の出来事に一瞬、頭が白んで思考が停止する。

「どうやって、入ってきた……」

鍵はしっかりとかけたはずだった。

アーネストは刺すような視線で、突然の闖入者《ちんにゅうしゃ》を見据える。

「何、簡単な鍵だ。これで十分だろう」

十徳《じっとく》ナイフをぽんと宙に放り投げる。

「何が目的だ……」

「コーディリア。君は吸血鬼だったんだな」

まるで、何もかもわかっていたと言いたげな態度で、ヴァレンタインは悠然と兄妹に歩み寄ってくる。床に跪《ひざまず》くと虚ろな瞳をしたコーディリアの顎を掬《すく》い上げた。

「さわるな！」

無骨な手がコーディリアに触れると、アーネストの気がとげとげしく高ぶった。反射的にその手を払《はら》い除《の》けて、ヴァレンタインを射抜くように睨《にら》みつける。

「そんなに怒りなさんな。俺はたぶん、君と同業者だ。それから、このお嬢さんに何が起こったのかも、大体は察しがついている」

「……貴方《あなた》も祓魔師なのですか？」

自分が手こずっていたコーディリアを一瞬で黙らせるとは、彼の力量は相当なものと認めざるを得ない。だが、その強い力の源はアーネストの知るような神聖な力とは少し違う種類のように感じられた。アーネストは警戒気味に目の前の男を注視した。

「悪魔《あくま》祓《ばら》いの心得もあるが、俺の専門は吸血鬼なんだ。君、師匠は？」

「ヴィルヘルム・エンデルス神父です」

アーネストは冷静さを取り戻し、尊敬する懐かしい名を口にした。

「ああ、エンデルス神父にならお会いしたことがある。十年前になるだろうか？」

「師をご存じなのですか？」

「ああ、狭い業界だからな。ずいぶん世話になった。で、エンデルス神父はご健勝か？」

アーネストは静かに首を横に振った。

「亡くなりました。三年前です」

「そうか……」

ヴァレンタインは十字を切って黙とうを捧げた。

「助けがいるのなら相談に乗ろう」

アーネストはぐったりとするコーディリアを抱き上げ、寝台にそっと横たえた。コーディリアは禍々しい衝動から解放されたようだった。その、毒気の抜けた安らかな寝顔にアーネストはほっと胸を撫で下ろす。可愛らしい寝顔につい魅入ってしまいそうになるが、背後に感じるヴァレンタインの視線にはっと我に返る。毛布でコーディリアの身体を覆い隠すと、ヴァレンタインに向き直った。

「……どうぞ、こちらへ」

アーネストも完全に気を許したわけではないが、先刻に比べると幾分か態度は軟化していた。蛇《じゃ》の道は蛇《へび》。吸血鬼のことなら、ハンターに聞くのも手だろう。アーネストは今まで自分たちに起きた出来事を少しずつ打ち明け始めた。

「そう、自分を責めるな。祓魔師やハンターならば、自分自身を危険にさらすこともあるのだし、家族や大切な人に害が及ぶこともある」

悲痛な面持ちのアーネストを、ヴァレンタインはまああとなだめる。

「だが、俺の見立てでは彼女の場合は吸血鬼化ではないと思う」

ヴァレンタインの意外な言葉に、アーネアストは驚愕《きょうがく》に瞳を見開く。

「なぜ、そう思うのですか？　その、根拠は？」

「そもそも、君の仮定するような、半吸血鬼化などあり得ない。平たく言うと、吸血鬼化とは、ある種の病原菌に感染した状態のようなものだ。主たる吸血鬼が自らの性質を、被害者に寄生させて身体を乗っ取りコントロールする。これが、吸血鬼化というものだ。三年も感染していて、寄生の段階が初期のままとは考えにくい」

「だが、妹は、生命としての活動も、成長も完全に止まったのですよ。あの、その……月経も止まってしまったのです。背も髪も、この三年間、一ミリだって伸びていない。痛みだって何も感じない！　吸血鬼でないなら、なんだっていうのです？」

「俺の見た限り、あの娘の身体は健康そのものだ」

ヴァレンタインの思いがけない言葉に、アーネストは息を呑む。

「むしろ精神的な障害だと思う。何者かが彼女の精神に深く入り込み、成長を止めているようだ。強力な暗示ならば八重歯を牙に変えることも、痛みを感じない仮死状態にさせることも可能だ。月経が止まったのは、栄養不足による貧血のせいだろう。月に一度の吸血のみで生命維持は難しい。おそらく、本人も気づかぬうちに、何か摂取している可能性がある」

アーネストは記憶を辿る。そういえば、留守をしている間に、ワインやはちみつが減っていることがたびたびあった。ねずみでもいるのかと思っていたが、コーディリアが眠っている間に食べていたのかもしれない。

「君は吸血鬼も幽霊になるということは知っているか？」

アーネストは何かに打たれたように、はっと閃《ひらめ》いた。

「では、あの吸血姫の霊がコーディリアに取り憑《つ》いていると？」

「その可能性が高い。おそらく、前の肉体が消滅した時に、精神を切り離して寄生したのだろう。妹さんの精神に影響がないのは、何かしらの理由で活動を停止しているからだ。ダメージの回復を図るために身体の中で眠っているとも考えられるが、あるいは意図的に……」

ヴァレンタインは顎に指を添えると、何やら考え込んでいるようだった。

「その、吸血姫。話を聞く限り、死者が蘇《よみがえ》ったタイプではない。おそらく純血種のタイプだろう」

吸血鬼には人間が死後に蘇る『死者タイプ』と、生まれながらに吸血鬼である『純血種タイプ』の二種類がある。

一般的に吸血鬼として知られるのは前者のタイプで、幽霊と同じくこの世に未練を残したのか、あるいは、神に背いて禁忌を犯したのか。色々な理由から天に召されず、地上に留《とど》まっているものだ。前者の吸血鬼の被害者は生きながらにして吸血鬼のような行動を取るようになるのだが、これに対する対処法は、十字架や、にんにくや、昔からの民間療法のようなものが存在する。

だが、純血種に関しては報告そのものが少ない。彼らが何者なのかも、どう対処するべきかも、まったく未知の領域であった。

「純血種は憑代《よりしろ》となる肉体に憑依《ひょうい》を繰り返すことによって不老不死を得ている。君が滅ぼしたと思っていた中世の姫はかつての犠牲者の身体であり、そいつはただの器《うつわ》に過ぎない。そして、本体が妹さんの中で目覚めれば、精神を壊して身体を奪おうとするだろう」

「そんな！」

アーネストはさっと顔を青ざめさせると、唇をきゅっと苦しげに噛み締めた。

「だが、身体からそれを追い出すだけならば、話は簡単だ。奴ら、闇の眷属《けんぞく》にとって耐えられない行為をすればいいのだから」

まるで自分がなんの手も打たなかったように非難された気がして、アーネストの声が露骨に冷ややかになる。

「ずいぶん、簡単に言うんですね。私だって方々の祓魔師や吸血鬼ハンターに助言を仰いで、色々な処置を施したのですよ」

「我々、人間には生命の源となる行為だが、奴らにとっては耐えがたき毒薬となる行為があるじゃないか。これで吸血鬼を滅ぼすことができるということは俺が実証済みだ。吸血姫の幽霊にも効き目はあるだろう」

「一体、なんだというのです？」

眠っているコーディリアにチラチラと好奇の視線を向けるヴァレンタインを、アーネストは不快さと訝《いぶか》しさの入り混じった顔で眺めていた。

「まだ、こんな若い娘には酷な話だが、この方法が一番、単純で効き目もある。だが、ただの男の精ではダメだ。ある程度、修業を積んだ、力のある祓魔師でなければな」

彼が何を言わんとしているか悟ると、アーネストは最初、真っ白になるほど顔色を失い、それから激昂《げっこう》のあまり顔を真っ赤にした。

「なんなら、手を貸してやろうか？」

「なっ、なんてことを言うんですか！」

甲高く叫んだ声が裏返り、憤懣《ふんまん》のあまり身体が小刻みに震えていた。

「そんな方法、論外ですよ！」

眠れる森のお姫様のように何も知らずに安らかな寝息を立てている妹を、アーネストは痛ましげに見下ろす。

「妹はまだ子どもです。その話は仮説の域を出ていない。それに、胡散臭《うさんくさ》すぎますよ。貴方は吸血鬼と寝たんですか？」

アーネストは整った顔を歪めて、侮蔑《ぶべつ》した眼差《まなざ》しを投げかけた。ヴァレンタインは動じる様子もなく、相変わらず飄々《ひょうひょう》とした態度である。

「少し……疲れました。お引き取り願えますか……」

アーネストは水面下にあるとげとげしい感情を押し殺すように、わざと淡々とした調子で告げた。ヴァレンタインはやれやれと肩をすくめる。彼は踵《きびす》を返すと、そのままおとなしく部屋から出ていった。大きな背を向けて出ていくヴァレンタインの姿をぼんやりと眺めていたアーネストは、急に暗い影が纏いつくような奇妙な感覚に襲われた。

屈折した鏡の世界に住む、もう一人の自分。まるで、それに出会ってしまったかのような……。

アーネストは頭《かぶり》を振る。きっと、今日はいろいろなことがありすぎて気疲れしただけだと。

二章　一夜限りの恋人

ある日を境に、ヴァレンタインは出ていってしまい、城館はまたいつもの単調な日々に戻っていた。困った人ではあったが、めったに客人もない暮らしなので、少し寂しくもある。

——最新の治療のことで話があるから、後で部屋に行くよ。

そう言っていた兄を待ちながら、コーディリアは机に向かい教科書を開く。

今は学校へ行けなくても、いつか通えるようになるかもしれないから、ちゃんと毎日勉強を進めておくというのが兄との約束だった。どのみち、家事が終わればやることのない、退屈な日々だ。コーディリアは言いつけ通り、夜はひたすら勉学にいそしむ。

「コーディリア、入るよ」

ノックと同時に兄の声がした。

「はい、どうぞ」

コーディリアが扉を開けると、アーネストはぎこちない微笑みを湛《たた》えて部屋に入ってきた。

今日は珍しく僧服ではなかった。白いシャツを着た平服の兄はなんだかいつもより若々しく見える。

「勉強をしていたのかい？」

「ええ、でもちょうど、わからないところがあって、悩んでいたの。ここ、教えてくれる？」

コーディリアは教科書を開いて、ここよと指差した。

「うん、また今度ね。今はそのために来たんじゃないから」

アーネストは教科書を取り上げると、ぱたんと閉じてしまった。

ふいに不自然な沈黙が落ちる。

今夜の兄の態度はなんだかおかしくて、コーディリアは思わず首を捻《ひね》った。

「……ねえ、最新の治療法ってどんなのなの？　本当に私は元に戻れるの？」

コーディリアの問に、アーネストは緩く視線を逸らした。いつもは、どんなことでも言葉を濁さず誠実に教えてくれる兄が、本当に今夜はどうしてしまったのだろう。

「ちょっと、話でもしようか」

アーネストは靴を脱ぐと、コーディリアの寝台にごろんと気軽な感じで寝そべった。

「こっちに、おいで」

頬杖《ほおづえ》を突きながら、手招きをして呼び寄せる。

「うん。なあに？」

兄妹は孤児院育ちだった。それ以前の自分たちの過去は、アーネストしか知らない。

ひどい孤児院暮らしの後、お金持ちに引き取られて、お坊ちゃま、お嬢さまなどと言われた時期もあったが、彼らはよい養父母とは言えなかった。そこで、アーネストはコーディリアを連れて逃げ出したのだ。

コーディリアが十歳、アーネストが十六歳の時、二人は本当の宿無し子になった。

だが、アーネストの祓魔《ふつま》の師でもあるエンデルス神父に拾われ、修道院の敷地に住まわせてもらうようになると、さすがに年頃ともいえる兄と、幼児ではない妹がべたべたしているのを、奇異な目で見られるようになった。そこで、二人は心ならずも距離を置くようにしたのである。

だから、こんなに親密な距離で、ざっくばらんに話をしようなどとは久しぶりだ。珍しいこともあるものだと、コーディリアはちょっとうきうきしながら、ちょこんと寝台に腰を下ろした。

「ねえ、コーディリア。お前、好きな男の子はいる？　恋をしたことはあるかい？」

「そんなことを聞くためにわざわざ来たの？　おかしなお兄様」

コーディリアはなーんだと呆れ顔だった。

「恥ずかしがらなくていいんだよ。お前ぐらいの年頃の女の子は、恋の話に夢中だからね。男の子の噂話とか、みんな楽しそうにしているよ」

アーネストは妹が照れているのだと思ったのか小さく笑っていた。

「だって、私、外の世界を知らないし……誰かを好きになる機会なんてないもの……」

自分のために苦労をかけている兄に、こういういじけた言い方はよくないのはわかっていた。だが、人並みの人生から疎外されているように感じていたコーディリアは、急に悲しくなってしまったのだ。半べそをかくコーディリアの様子を、アーネストはとても悲しげに見つめていた。

「じゃあ、お話の登場人物は？　昔話もよく読んであげたよね。シンデレラとか、スノーホワイトとか。王子様に憧《あこが》れたりはしなかったのかい？」

正直、コーディリアの王子様は、ずっと兄である。挿絵画家はどうして兄のような金髪でやさしくて完璧な王子を描かないのだろうと今でも不思議に思う。

「うーん。シンデレラは好きじゃないわ。気立てがよいからって理由でいじめられるなんてひどいわ。どうして、お父様はあんないじわるな継母《ままはは》と再婚したのかしら？」

「そうだね、お前は怒ってばっかりいたね」

「でも、スノーホワイトは好きだわ」

「スノーホワイトだっていじわるな継母に、毒りんごを食べさせられちゃうのに？」

「でも、ドワーフさんと唄《うた》って踊って楽しそうな暮らしよ」

「王子はどうでもいいのかな？　お姫様にかかった呪いを解く王子という役柄は、この場にはふさわしいと思ったんだけど……」

兄の整った顔が急に近づいてきたので、コーディリアははっと息を呑んだ。

「あの、お兄様……どういうことなのでしょう……？」

動揺のあまり、いつもより声がしおらしくなってしまう。

「王子様のキスだよ。これで、呪いを解くんだ」

「あっ……」

そっと顔を引き寄せられる。アーネストはちょっと首を傾けると、やわらかい唇を重ね、すぐに離した。突然の出来事に、コーディリアはぼーっと兄に見惚《みと》れてしまう。アーネストもちょっとはにかみながら、驚きに瞳をしばたたかせるコーディリアをじっと見つめていた。

「呪い、解けたの……？」

上ずった小さな声で問いかける。

「本当にこれで済めばよかったのだけれどね……」

アーネストは深いため息を吐き出し、痛ましげに視線を逸らす。愁《うれ》いを湛えた兄の美しい横顔を、コーディリアはとても不思議そうに眺めていた。

「実はね、お前にかかっているのは呪いじゃないんだ。吸血鬼の幽霊が憑依している……言っている意味がわかるかい？」

コーディリアは瞳をまるく見開いた。

「じゃっ、じゃあ、私は吸血鬼になってしまったわけじゃないの？」

「そう仮定すると色々なことの辻褄《つじつま》が合うんだ。それで、その霊を追い払うのには……」

またもや、躊躇いがちに言いよどむ。なんだか知らないが、兄の気持ちがぐらぐらと揺れ動いている。それを、コーディリアは敏感に感じ取っていた。

「なんでも我慢するって、ちゃんと約束するわ！　私、どうしても元の私に戻りたいの！」

「……何かするのは僕だから、お前は寝転がっていればいいよ。そうだね、あとは僕がすることを、嫌がらないでいてくれたら助かるな」

なんでもと言ったものの、今までも、吸血鬼治療に効くとなるとなんでも試してきた兄である。今度はどんな嫌なことをされるのだろうかと、ちょっとだけ心配にならなくもない。

「うっ、うん……大丈夫……」

匂いが取れなくなるほどのむせ返るにんにく漬けにされたのはひどい思い出だった。だが、こうなったら、なんでも来い！　である。

「いい子だ」

髪を撫でられながら、もう一度、兄の顔が近づく。コーディリアは不安げにぎゅっと目を閉じる。さっきよりも、もっと強く唇を塞がれた。アーネストは瑞々しい唇の粘膜をそっと押し揉《も》み、角度を変えて小鳥のように啄《ついば》むのを繰り返す。

「んんっ」

不意に隙間から熱い舌が割り込むと、兄の舌先が自分の舌に触れた。先刻のやさしく唇が触れるだけのキスとのあまりにも違っていて、コーディリアは思わず身を強張《こわば》らせてしまう。

すると、アーネストの唇が遠慮がちに離れた。

「嫌だった？」

ひどく、気遣うような表情だった。おそらく、コーディリアが同意したら、すぐにやめてしまうだろう。

「ごめんなさい。お兄様は、私を元に戻すためにしてくれているのに……ちょっと、驚いただけよ。大丈夫だから……」

コーディリアは自らの失態に押し潰《つぶ》されそうになった。必死で言い繕うとすればするほど、苦しげに語尾が掠れる。そんな妹を落ち着かせるように、アーネストはやさしく問いかける。

「……本当はこんな無理をしてほしくないんだ。でも、今だけは、本当に僕を恋人だと思ってみてくれないかな？」

精一杯の作り笑顔を見せる兄の顔を、コーディリアは改めてじっと見上げた。

柔和で、清らかさを感じさせる、とても綺麗な顔立ち。だけれど、そこにはとても人間味のある温かさを湛えている。きっと、何度も傷ついて、苦労を重ねた兄だからこんなにやさしく微笑むことができるのだ。間近で見る兄の美しさに、改めて気持ちを惹《ひ》きつけられた。

アーネストの手がすっと伸びて、コーディリアの頰を愛《いと》おしげに撫でていた。

「お前の肌は冷たいね……本当はお前をただ組み敷いて、簡単に目的を遂げるやり方もあるんだ。でも、僕はそうしたくない。だって、お前は初めてだからね、心から抱き締めてあげたいんだよ。本当の恋人のようにね」

アーネストはコーディリアの肩をそっと抱き寄せて、逞しい胸に引き寄せる。コーディリアはおとなしく、兄の腕の中に抱かれていた。こうしていると、冷たい吸血鬼の身体でも、兄の温《ぬく》もりと胸の鼓動が伝わって、とても安らぎを感じるのだった。

「お兄様……」

コーディリアは兄の胸に頬を寄せ、白いシャツをぎゅっと掴んだ。コーディリアもまったく性の知識がないわけでない。修道院では妊娠、出産にまつわること、それから悪い男から身を守るための方法なども教えられた。だから、これから何が起ころうとしているのか、うっすらとわかりかけていた。

そして、兄の覚悟も。呪われた吸血鬼の身体から自分を解放するために、兄はさらに忌まわしい罪を犯そうとしている。今ならまだ、引き返せる。

——無理をしないで！　もういいの！

何度も口を開きかけては、苦しげに言葉を呑む。

「ごめんなさい……やっぱり、私……」

それでも、ごく普通の女の子に戻りたかった。

「いいんだよ、コーディリア。僕はお前のためならなんでもするよ、どんなことでも……」

兄の深い愛に胸が締めつけられる。自分はどれだけ、この素晴らしい兄を汚してしまったのだろう。涙は零れないけれど、心で泣き叫んだ。

「愛しているよ、コーディリア。世界でたった一人だけの僕の妹。そして、今夜だけは僕の恋人だ」

唇を隙間なく塞がれても、もうコーディリアは驚かなかった。瞳を閉じて、おとなしく兄を受け入れる。ゆっくりと押しつける唇は、あくまでやさしかった。コーディリアの愛らしい口は、しだいにうすく開かれてゆく。濡《ぬ》れた舌先が唇の隙間をぬって入り込むと、口づけは長く、舌の動きはだんだん情熱的になった。

（お兄様の身体、すごく、熱い……）

兄の身体に埋もれると、兄の情熱も乗り移ってくるかのようだった。繰り返し口を吸っていた唇が離れ、次第に唇は下へと滑り下りてゆく。鼻梁を押しつけながら顔を首筋に埋もれさせると、細い首筋に吸いついた。

「ふあっ……！」

それは、浅ましい吸血鬼の習性を思い起こさせる行為だが、今のコーディリアにも理解できる確かな快感だった。顎を上げると自然に唇がうすく開いて、うっとりとした面持ちになってしまう。

「首筋が気持ちいいの？」

「うっ、うん……」

コーディリアは躊躇いがちに頷いた。すると、アーネストは音を立てながら、首筋と咽喉元をきつく吸い上げる。花びらのようなうす桃色の吸い痣《あざ》を首筋に刻まれると、血を吸われているわけでもないのに、コーディリアの肌はゾクリと粟立《あわだ》った。しばし、とろんとした目をして兄の行為に身を委《ゆだ》ねていたが、ふいに兄の指先がワンピースの襟元に伸びてきたことに気がついて、はっと我に返る。

「待って！　脱ぐの？」

ボタンを外されると、雪のように白い鎖骨が露わになる。コーディリアは慌てて、その手を掴んだ。恐る恐る、恥ずかしげに兄の顔色を窺う。

「そうだよ。だって、愛の行為を交わすのに、服を着たままなんておかしいだろう？」

そういうものなのだろうか？　コーディリアにはまだよくわからなかった。

「どうしても、脱がなくてはダメ？」

コーディリアはなおも不安げに腕を縮込まらせる。

「僕はね、ずっとお前に恋い焦がれていたんだ。お前のキラキラと光る金色の髪。くるくる変わる愛らしい表情。守ってあげたくなる小さな身体。お転婆なお前はブランコを勢いよくこいで、スカートとペチコートから白いふくらはぎを覗かせていたっけ。あれには、どきりとさせられたよ」

「嘘《うそ》！　だって、あれはまだ私がほんの子どもの頃よ」

お屋敷にいた頃だから、確か八、九つくらいのはずである。

「昔から、僕はお前の何もかもを、ずっと見ていたんだよ。念願叶って、こうして抱き締めることができたんだから、可愛いお前のすべてを見たいんだ。ねっ、いいだろう？」

甘く誘うような声だった。神父である兄がそんな淫《みだ》らなことを考えるはずはないから、これは、恋人同士の演技なのだろう。そう思いつつも、美形の兄に熱心に口説《くど》かれて、コーディリアはときめきを感じずにはいられなかった。

「でも……肌を見られるのは、やっぱり恥ずかしい……」

コーディリアが躊躇いがちに目を伏せると、頭上から兄の小さく笑う声が聞えた。

「じゃあ、僕が先に脱ごうか。それなら、お互い様だろ？」

アーネストはシャツを脱ぎ捨てて、上半身をさらした。黒衣の僧服姿はすらりと優雅な印象のアーネストだが、脱ぐと意外と胸板は厚く、全体的に引き締まった筋肉に覆われている。逞しくて、それでいながらしなやかでもある肢体。大人の男の身体を見せつけられて、コーディリアははっと息を呑んだ。もじもじしながらも、逞しい腕や隆起した胸元から目を離せない。

「じゃあ、お前もいいよね？」

「うん……」

兄の彫刻のような裸体を見せつけられると、コーディリアの心境に微かな変化が訪れた。

いつのまにか、ボタンをすっかり全部外されてしまうと、肌色が透けて見える純白のシュミーズ一枚の姿にさせられてしまった。アーネストはシュミーズを捲《めく》り上げながら、乳房をやさしく撫でさすっている。

「やあっ……」

気恥ずかしさで思わず身を捩《よじ》らせる。

「まだ、こんなふうに触れていい、大人の身体じゃないんだけどね……」

アーネストの端整な顔に、一瞬、痛ましげな色が滲んだ。三年前に時が止まってしまったコーディリアの心はちゃんと十六歳なのに、身体は十三歳のままだ。

「やせっぽっちで、嫌になっちゃう……」

服を脱ぐと、華奢さが余計に目立ってしまう。仕方がないことだと思いつつも、コーディリアは眉を下げ、情けない顔をしていた。兄の視線が露わになった裸の胸にじっと注がれているのを感じると、羞恥のあまり消えてしまいたくなる。

「ほら、ここだって、ちゃんと女らしく膨らんでいる」

瑞々しい胸板の上に控えめに膨らんだ緩やかな丸みを、アーネストはそっと手のひらで包み込んだ。

「でも、ちっちゃいの……」

か細い消え入りそうな声で答える。

「形がよくて、やわらかくて、とても素敵じゃないか」

アーネストは小ぶりで張りのある乳房を持ち上げて、輪郭を確かめるようにやさしく撫でさすっていた。中心につき出しているうす桃色の乳頭を手のひらで転がされると、コーディリアは恥ずかしさでどうにかなってしまいそうだった。

「あっ……そんなところに触るなんて……」

「とても綺麗な色をしている。まるで、花の蕾《つぼみ》みたいだよ」

「あっ……」

ぴんと張り詰めた乳頭にやわらかい唇が被《かぶ》せられる。アーネストはちゅっと軽く音を立てながら蕾に吸いついた。こんな恥ずかしいところを褒められてキスされている、と驚きながらも決して不快ではなかった。

「ここも、美しいなだらかな曲線を描いているね」

手のひらと唇がすっと脇腹に下りる。くびれた腰を摑むと、そこにもやわらかな唇の感触が落ちた。そのまま、スカートとペチコートを捲《た》り上げて、ドロワーズ越しに小ぶりな尻の丸みと、太腿《ふともも》を滑るように弄《まさぐ》っている。欲情を焚きつけるというよりは、まるで慈しむようなやさしい手つきだった。

「お前は脚がとても綺麗だね。細いけれど、全然やせっぽっちじゃないよ……」

まるで聖遺物でも扱うかのように、大事そうに華奢な片足を持ち上げる。そして、顔を寄せると膝に、ふくらはぎの内側に、ふわりと羽のような接吻《せっぷん》を落とす。男が女の身体にキスをするなんて、いやらしい行為だと心底軽蔑《けいべつ》していたのに。兄にされるとそうした嫌悪をまるで感じなかった。

(なんだか、もっと触れてほしい……)

きっと、恋人同士はこんなふうにお互いの素敵だと感じる部分を褒め合ったりするのだろう。恥ずかしいけれど、コーディリアも大好きな兄に自分の思いを伝えてみたくなった。

「お兄様も……素敵よ……腕も、肩も、胸板もすごく逞しくて……」

コーディリアは腕をうんと伸ばし、滑らかな感触の胸板にぴたりと手のひらを添わせる。アーネストの肌はしっとりときめ細やかで、ずっと埋もれていたくなるような、とても心地よい手触りだった。コーディリアがおずおずと頬を寄せると、アーネストの鼓動がどくんと跳ねるが伝わった。

「それに、こっ、ここも……うすい……ピンク色で……」

コーディリアは小さな乳輪を指で辿ると、消え入りそうな声で呟いた。自分のことも褒めてもらったのだから、お返しに褒めなくてはいけないと思ったのだ。

「うーん。男のそこは褒めなくていいんだよ」

アーネストはちょっと微妙な顔をして、頬をぽっと紅く染めていた。

「お兄様って、なんだか可愛いわ」

「それも、褒め言葉じゃないんだよ……」

この期に及んで見当違いなことを言い出す妹に、アーネストはがっくりと脱力している。

「だって、可愛いんだもの」

急にクスクスと笑いが止まらない。

「そうやって、僕をからかって、面白がっているんだね？」

アーネストは、はーっと長い溜め息をつくと、突然、コーディリアの背を、息ができなくなるくらいむぎゅっと抱きすくめた。コーディリアは兄の腕の中で、小さな笑い声を上げながら、離してともがく。

「んん、ごめんなさい！」

「いいや、ダメ」

アーネストは白く華奢な首筋に顔を押しつけながら、深く息を深く吸い込んだ。

「ああ、お前の匂いがするね」

コーディリアが兄の匂いに陶酔にも似た吸血衝動を感じるように、アーネストも妹の匂いに心を奪われる特別なものがあるようだった。二人とも特別香りなどを身につけているわけではないし、体臭に特徴があるわけでもない。それは、二人だけにしかわからない、兄妹の匂いとしか形容し得ないものだった。

「どんな匂い？」

「そうだね、朝靄《あさもや》に濡れた白いオールド・ローズみたいな香りかな？　守ってあげたくなるような清廉な香りだよ」

アーネストは滑らかな手触りの乳房をやさしく撫でながら、しだいに硬くしこってつんと立ち上がるピンク色の乳頭にも触れる。愛らしく膨らんだ小豆を摘《つ》まみ上げて、指の腹で揉むように擦っていた。コーディリアはあっと小さな声を上げて戸惑った。

「どう、何か感じるかい？」

「……わからない」

コーディリアは首を緩く横に振る。筋肉は収縮して愛撫《あいぶ》に応《こた》える反応らしいものを見せるのだが、今のコーディリアは痛みも感じない代わりに、皮膚の感覚も鈍くなっている。未開発の蕾に触れられても、肉体への直接の興奮には繫《つな》がらないようだった。

「今のお前は、本当にお人形さんなんだね……」

アーネストは寂しそうに呟いた。そのまま、アーネストの手のひらはすっと内腿に滑り落ちる。兄の手が下穿《したば》きの中に潜《もぐ》り込んでくると、コーディリアははっと息を吞み込んだ。大きな手のひらと薄いまばらな恥毛が擦れ合い、さらに奥に潜り込んだ指先は、まだ熟しきれていない媚肉《びにく》をそっと左右に開いた。いくら大好きな兄にだって、そんなところに触れられたくなかった。

（でも、これも治療のためだもの）

コーディリアは恥ずかしげに頬を染めながら、ぐっとちいさな唇を噛み締めた。アーネストのしなやかな指先は薄い花びらをくちゅくちゅと撫で上げ、奥に隠されていた青い若芽をくすぐるように転がした。

「やっ、なあに？」

つんと突き出た突起をそっと擦られると、何かむずむずするような奇妙な疼《うず》きが下肢に走った。他よりも敏感なそこは、微かに膨らんで反応らしいものを見せていた。

「ここはどう？　少しは感じるかい？」

「あ……なんで……」

思いがけない自身の反応に驚いて、コーディリアはか細い声を不安げに漏らす。アーネストは太腿に引っかかっていた白いドロワーズをずらすと、身を屈めて股間《こかん》に顔を埋めた。

「お兄様！　そんなことをするなんて……」

「今夜は何もかも許されるんだよ。これは、治療のためなんだから」

何も知らぬいたいけな若芽を唇で舐《ねぶ》り、丁寧に舌先でつつきながら愛撫を続ける。コーディリアは半身を起こして、兄のすることを信じられないといった面持ちで見ていた。まだ幼い若芽は未知なる感覚に戸惑うばかりだった。腰をもぞもぞと動かしては兄の口淫《こういん》に軽く抵抗してしまう。アーネストは身じろぎする内腿を摑んで、下肢を大きく開いてしまった。

「きゃあ！」

そこは、本来、淫らな興奮を誘うような色をして、甘い蜜を零しては雄《おす》を誘惑するが、コーディリアの控えめなうす桃色の女陰は、まるで造花のように生々しさがない。

「お前は何もかも、こんなところまで清らかなんだね……」

アーネストは悩ましげなため息をつく。

「そっ、そんなはずないわ……」

こんなところが清らかであるはずないのに、アーネストはうっとりと造花の蜜に酔いしれていた。一つの線のような秘裂に舌をつーっと這わせて、小さな花唇ごと口の中に含んでしまうと、熱い舌先で女芯《にょしん》を剝き出しにして、全体をきつく吸い上げる。

「あッ……」

不快ではない。むしろ、その反対である。コーディリアの下肢がなぜかぞわっと粟立った。

アーネストは筋の通った鼻先をぎゅっと媚肉に押しつけながら、花園の奥に息づく小さな切れ目に尖らせた舌を潜り込ませる。膣《ちつ》の中で熱を孕《はら》んで蠢《うごめ》き、肉襞《にくひだ》を擦り上げる濡れた舌は、兄とはまったく別物の淫らな生き物のようだった。

「や……あっ……」

こんな行為は信じられなかった。否定の言葉が出かかるが、本来の目的を思い出して瞬時にそれを呑み込む。それに、快楽を感じない人形のような身体なのに、アーネストは生身の女を愛するようにきめ細やかな愛撫を施してくれている。こうすることが、兄の言うところの、恋人同士の行為なのだとすれば、拒否してはいけないのだ。

「お兄様の舌、熱い……」

兄の熱い吐息と舌を感じると、氷のように冷たい身体が内側から溶かされていくような気がした。アーネストは唾液《だえき》で湿った秘孔から顔を離すと、小さな切り傷のような輪の中に、そっと中指を差し込んだ。

「この中も冷たいね」

コーディリアはびくっと身を硬くする。

差し込んだ細長い指で入り口を揉みほぐして、硬い処女地を少しずつ慣らそうとする。最初一本の指の関節を曲げて膣壁をくすぐるように撫でていたが、二本、三本としだいに指が増やされた。肉襞をぐいぐいと擦りつけられると、膣内を押し広げられているという、あからさまな異物感にコーディリアは怖気《おじけ》づく。

「怖い？」

「あっ、平気……お兄様だったら。どこに触れられても嫌じゃない……」

コーディリアが健気《けなげ》に呟くと、アーネストはひどく熱っぽい視線を傾けていた。瞳はきらりと瞬き、心は昂揚《こうよう》しているようだった。

「なんて可愛いことを言うんだろう。ああ、好きだよ、ディリィ」

アーネストは小さな妹の身体をたまらずに掻き抱《いだ》くと、頬に、瞼に、鼻先に、愛情深いキスを繰り返した。

「もうずっと以前から、お前だけを見つめて、お前だけを愛していたよ」

焦がれる想《おも》いを耳元で囁かれれば、コーディリアはぼうっと魂が抜けたように、夢心地になってしまう。恋人のふりも、甘い睦言《むつごと》も、これはただの演技なのに。まだ、恋も知らずに幼い花を散らせてしまう妹を不憫《ふびん》に思っただけなのに。

（ああ、でも、でも……）

そうと知りながら、この瞬間、コーディリアは兄を本当に愛してしまったような気がしていた。

「私も……お兄様が好き……」

コーディリアは心をとろかすような熱視線でアーネストを見上げた。甘えるように手を伸ばして首筋に腕を回す。アーネストも溢れんばかりの情熱を傾けて、コーディリアの壊れそうなほど華奢な身体を抱き締め返した。こうして肌を寄せ合って抱き合うと、自分の身体がどんなに冷たくて、兄の身体が熱を帯びているのかがよくわかった。

（あっ……何？　この感じ……）

兄の腰がぴたりと密着すると、ズボン越しに膨らんだ欲望の塊をはっきりと下肢に感じた。

男と女は身体の作りが違うとは聞いていたが、それを生身に感じると、ちょっとだけ怖いような気がした。腿に感じる太い肉茎は、長身の兄にはちょうどに思えるが、小柄なコーディリアにはちょっと逞しすぎるような気がする。

「大丈夫。すべて僕に任せていればいいんだよ。今のお前の身体は、ちょっと普通と違うからね。おそらく、本当は感じるはずの痛みもないはずだよ」

「うっ、うん」

アーネストはいつのまにかズボンをずらしていた。兄の下腹部を直視する勇気はなかったので、もじもじと恥ずかしげに瞳を脇に泳がせる。

「お手やわらかにね……」

コーディリアは兄の指の股《また》に自分の指を絡ませ、手をぎゅっと握り締めた。甘えん坊な妹の態度に、アーネストは思わず破顔する。

「ああ、大切に抱いてあげるよ。世界で一番大切な、僕だけのお姫様だからね」

「うん。お兄様は、本物の王子様みたいね」

手足を絡めて、よく似た兄妹はしどけなく抱き合った。脚を絡めると、本来ならまだ男を受け入れるには早い幼い秘孔に、兄の肉の切っ先があてがわれる。十分な硬度を保ったそれは、先端からぬるりとした透明な液を滴らせていた。

「……んんぅ」

肉の花びらを押し開いて、熱い塊がずずっと奥に侵入してくる。めりめりと裂けるような感覚に、コーディリアは息を潜め身を強張らせる。

「このまま、一度、奥まで入るよ」

アーネストは息を押し殺し、体重をかけながら腰をぐっと強く押し出した。

「ああぁっ！」

小さな秘孔に大きすぎる熱い肉の楔《くさび》がめりめりと突き刺さり、お腹《なか》まで突き上げるほどの衝撃だった。コーディリアは必死になって兄の背中をぎゅっと摑んだ。足の先を突っ張らせ、えびのように背を仰《の》け反《ぞ》らせる。痛みは感じなかったけれど、入り口でまるでゴムがはじけるような衝撃があった。

ついに実の兄と身体を繋げてしまったのだ。

「お兄様、ごめんなさい……こんなことをさせてしまって……」

罪を犯しているという意識と、兄に芽生えたばかりの恋心がない交ぜになって、頭がひどく混乱した。涙は零れないが、感極まってか細い声が震える。

「はあ、はあ……神様だって、僕らののっぴきならない事情はちゃんとわかってくれているから……だから、大丈夫だよ、くっ、うっ」

強引に引き伸ばされた膣壁が収縮しようとする圧力で、腹にくっつきそうなほど反り返った男根を締めつけられると、アーネストは悩ましげに眉根を寄せる。

「お兄様、苦しいの……？」

「大丈夫、すごく狭いけど、はあっ……」

アーネストは艶《つや》っぽい吐息を切れ切れに漏らした。その甘い声にコーディリアは魂ごと攫《さら》われそうになってしまう。兄のすべてを受け入れなくてはと、コーディリアは背中に回していた手に力を込め、腹部の奥を突き上げる熱い塊の衝撃に耐えようとした。

「つ……ぁ……」

苦しげに小さな唇を嚙み締めるコーディリアの様子に驚いて、アーネストは一旦《いったん》腰を引いた。

「ごめんよ、ディリィ！　ごめんよ！」

白いシーツに零れ落ちる妹の破瓜《はか》の鮮血。それを見つめるアーネストは、ひどく思い詰めた顔をしていた。いくら治療のためとはいえ、妄りがましいところなど何一つない真面目《まじめ》な兄のこと。ふと、我に返って罪の意識を感じているのかもしれない。

「私なら大丈夫よ。怖くないし……痛くないから……このまま、続けて……」

「……ディリィ」

コーディリアが気遣うように小さな声で呟くと、アーネストは本来の目的を思い出したようだった。怖いくらい真摯《しんし》な面《おもて》を上げると、もはや躊躇わずに再び挑もうとする。

小さな身体をいたわるように激しい動きを極力抑えて、恥骨で媚肉を押し揉みながらゆるゆると腰を回した。びくびくと震える太い脈動は膣壁全体をねっとりと這うように蠢き、肉襞の感触にゆっくりと身を浸しているようだった。

「あぁ……ディリィ、こんなに絡みついて……」

兄の吐息はまるで蜜のように、コーディリアの胸を甘くとろかしていた。恍惚に歪む端整な顔、愉悦に打ち震えるしなやかな肢体に胸がどうしても高鳴ってしまう。感極まって手を高く掲げると、兄の顔を引き寄せていた。

「お兄様……あのね……」

「ああ、キスがもっと欲しいんだね」

アーネストは狂おしいほどの熱情で、何度も小さな口に吸いついた。

「好きだよ、ディリィ。ずっと好きだったんだ……」

「……んんふっ」

幾度となく角度を変え侵入しては這いまわる兄の熱い舌に、コーディリアもいつしか自らの舌も絡ませて、互いの唾液を飲み込むような深い口づけを貪っていた。アーネストの熱い手のひらはコーディリアの胸の膨らみを掬い上げて、やわやわと揺らすように揉みしだいている。こんな控えめな胸を兄が愛してくれていると思うだけで心が満たされた。

「はあっ、ああっ……お兄様好き……大好き！」

身体の芯に兄の猛々《たけだけ》しく硬直した雄を受け入れたまま、コーディリアの胸は喜悦に震えていた。

「僕も大好きだよ、可愛いディリィ」

アーネストはコーディリアの細い片足を抱えると、腰を深く押し込んで結合を深くする。

肉茎をゆっくりと抜き差しさせ、潤んだ蜜が滴る隘路《あいろ》に抽送《ちゅうそう》を繰り返す。

「お兄様……あぁっ……」

炎のように熱を帯びた兄の欲望が、人形のような妹の性器を激しく攪拌《かくはん》した。

じっとりと汗ばむ首筋に顔を埋めてしがみつくと、むせ返るほどの兄の匂いに気が遠くなりそうだった。鎖骨につーっと伝う汗が美味しそうで、コーディリアは堪らずに首筋に牙を立てるようにちゅばっと吸いついた。

「……僕の血が欲しいのかい？」

アーネストは禁じられた肉の悦《よろこ》びに打ち震えながら、掠れた声で恐る恐る問いかける。コーディリアは緩く首を横に振ったが、乳児のようにちゅくちゅくと兄の白い咽喉元を甘噛みするのをやめられない。するとアーネストの肉棒が一層いきり立って膣肉の中で膨れるのを感じた。

「あっ……お前のためならなんでもするよ！」

アーネストはたまらずにコーディリアを掻き抱き、狂おしい接吻を繰り返す。

もっと、深くて激しい繋がりを求められている。

コーディリアはそう本能で感じるものがあった。身も心もどんどん熱くなるアーネストに反して、コーディリアは相も変わらず命のない冷えた身体で、人形のような白い顔をしていた。

「私もお兄様のためならなんでもする。だから、お兄様の好きにしていいの……」

それが躊躇いを解く合図になったのか、アーネストは荒い息をつきながら、さっきまでの気遣うような触れ方よりは、切羽詰まった様子でコーディリアをリネンに深く押し倒した。噛みつくような欲情の口づけを浴びせ、白い肌を淫らな手つきで弄っている。

「ディリィ！　僕のディリィ！　なんでこんなに好きなんだろう！」

激情が爆発したかのようだった。

アーネストは妹の細腰を高く持ち上げると、容赦なく奥まで突き上げた。

「んあっ！」

コーディリアの頭がリネンに深く沈んで、身体が弓なりに反り返る。アーネストの律動に合わせて、薄い胸の膨らみが震え、感じているわけでもないのに腰はなまめかしく動いていた。アーネストは愉悦に崩れそうになりながら、ひたすら腰を自由自在に揺さぶった。

「……っあ」

肉襞と亀頭が擦れ合うと、とろんと泥酔したような瞳をしている。

「ここ、本当はお前も気持ちのいいところなんだよ。はあ、ああっ……お前が一緒によくなれないのが残念だけど……うっ、く」

アーネストは腰をさらに深く押し込んだ。ぐちゅぐちゅと淫猥《いんわい》な水音を立てながら、押して、引いて、攪乱しながらぬるついた紅い肉洞を穿《うが》つ。

「うっ、うん、いいの。お兄様……」

肉欲を貪ることは罪悪だと修道院で教えられたが、自分と身体を繋げてなめらかに腰を振る兄の姿に嫌悪など少しも感じない。むしろ、兄の変貌《へんぼう》には魂ごと攫われるような陶酔があった。コーディリア自身は快も不快も感じない人形のような身体だが、こうやって逞しい身体に組み敷かれて兄の昂《たか》ぶる脈動を感じると、冷えた身体に反してコーディリアの心は熱くたぎった。

コーディリアは瞳を閉じて、兄の熱情と一体化しようとした。

「ああっ、僕のディリィ！　お前ともっと、もっと、ずっと繋がっていたい……」

ふいにアーネストは腰を落として、肉茎をずっと途中まで引《ひ》き摺《ず》り出した。蜜で潤んだ肉色の結合部がはっきり露わになると、今度はそのまま一気に奥深くズシンと貫いた。

「ひゃっ！」

アーネストはコーディリアを頭ごと抱きかかえると、深く下腹部を押し込み、膣壁を強圧した。

「んんうっ……」

最奥を突き上げられ、腹にも骨髄《こつずい》にも響くほど衝撃が奔《はし》る。まるで、灼《や》けた肉の楔に刺し貫かれているかのようだった。細腰を揺さぶられると、華奢な足首ががくんがくんと宙に浮く。

「あっ、あっ、ああっ……！」

身体を激しく揺さぶられて、コーディリアは堪えきれずシーツをぎゅっと握り締める。アーネストの肌は全身じっとりと汗ばんでいた。その逞しい胸に抱かれると、これ以上ないくらいの密着感になった。まるで、兄と一つの生き物になっていると錯覚してしまうくらいに。

「コーディリア、好きだよ！　愛している！」

アーネストは、切羽詰まって声を荒らげた。

「ひんっ……やあっ……」

アーネストは腰を叩きつけ、容赦なく最奥を突き上げる。その振動は子宮本体を震わせるほど太い突きだった。暴風のようにこの身を蹂躙《じゅうりん》する兄の激情にコーディリアは呑み込まれていく。

「……ああっ……はあはあ、ああっ」

紅く膨張した先端は爆発寸前だった。最奥に兄の切っ先が突き当たって、禁断の子宮口を抉《えぐ》った。その刺激は強烈で、アーネストは時折、咽喉から絞り出すような甲高い喘ぎを漏らしていた。

「あああぁっ……出るよ！　妹のお前の中にっ！」

「ひゃあ、あぁぁ」

ぶるぶるると胴震いをすると迸《ほとばし》る精が、禁忌の花である妹の子宮にどくどくと注がれる。

激流のように一度、二度と白濁が放たれ、兄の熱い飛沫《しぶき》にコーディリアの冷たかった胎内は溶かされていく。

「あああっ！」

目も眩《くら》むような閃光《せんこう》で頭が白んで、コーディリアは細い咽喉元を見せて仰け反った。

『きゃぁぁあ！』

同時に、コーディリアの頭の中で、絹を裂くような女の叫び声が響いた。

「あっ……」

刹那《せつな》、コーディリアはまるで違う生き物にでも生まれ変わったかのような不思議な感覚に襲われた。トクントクンと心臓が脈打ち、手足の先がじんと痺《しび》れた。ズキンと下腹部に鈍痛が広がり、膣孔はまるで切り裂かれたかのような痛みが貫く。コーディリアの顔からざっと血の気が引いて、眩暈《めまい》で視界がぐらぐらと揺れた。

「ディリィ？　しっかりしろ！」

「いっ……痛い……」

小さな身体に、突如押し寄せる苦痛は限界を超えていた。自分を覆っていた何かが音もなく崩れていく。そんな感覚に囚《とら》われながら、コーディリアは意識を手放していた。

レースのカーテンが心地よい風に揺らめき、穏やかな陽光が窓から斜めに差し込んでいる。

「んっ……」

コーディリアは微かに身じろぎをして、瞼を開けようとしては閉じる。それを何度か繰り返すと、しだいに意識を取り戻していった。ぼんやりする頭で半身を起こすと、そこはいつもと何も変わらない自分の部屋だった。

リネンはすっかり整えられ、コーディリアは夜着をきちんと身に纏っていた。

寝台から這い出ようとすると、ズキンと下腹部に鈍痛が走った。

「……っあ」

一瞬、腹部に手をやりながら眉を顰めるが、この痛みがなんのせいなのか思い出すと顔が炎のように火照《ほて》りだした。恐る恐る、夜着を捲り上げて下着を確かめてみると、当て布の上にはガーゼが挟んであり月経のように血で汚れていた。コーディリアはびっくりして、夜着を下ろして形を整える。

「夢じゃなかった……」

恥ずかしげにぽつりと呟く。なんだか、昨日までとは違う世界にいるような不思議な感覚だった。コーディリアはゆっくりと立ち上がり、足腰をふらつかせながら窓辺に立った。ずっと、朝が、光が怖かった。コーディリアが強張った面持ちでカーテンを開け放つと、眩《まぶ》しい日差しが金色の髪にキラキラと降り注いだ。

「綺麗……」

コーディリアはいても立ってもいられなくなった。夜着のままスリッパに足を突っ込んで、玄関ホールに続く螺旋《らせん》階段を夢中で駆け下りた。

「わあっ！」

玄関の扉を開け放つと、目の前に青々とした初夏の前庭が広がる。

震える足で一歩一歩、大地を踏みしめ、大きく息を吸い込んだ。そよ風が髪を茎のように揺らし、芝をスリッパで踏み締めると本当に絨毯のようだった。花壇のラベンダーを指先で潰すと、爽《さわ》やかな夏の匂いがした。触覚が、嗅覚が元に戻っている。やっと、悪い夢から醒《さ》めたのだ。

コーディリアは夢見るような眼差しで、色とりどりの花の咲き誇る六月の庭園を見渡す。陽光のきらめき、心地よい爽やかな風、揺れる緑の枝。つがいの小鳥が羽ばたくと、嬉しさのあまりそれを追いかける。息を弾ませながら花壇と菜園を抜け、蝶《ちょう》と蜜蜂《みつばち》が賑やかな果樹園も抜けて、礼拝堂までやってきていた。

礼拝堂を囲む木陰に、漆黒の僧服に身を包んだアーネストが佇んでいた。

コーディリアははっと息を呑む。やわらかい光の中に佇む兄はなんと美しいのだろうと。昨夜の、別人のような色香を放つ兄には魂ごと攫われるような魅力があったが、自然の中で静かに瞑想《めいそう》をしている兄の清廉な姿は、やはり何物にも代えがたいと感じられるのだった。

「お兄様！」

そう叫ぶと、感極まってコーディリアの頰に熱い涙が伝う。興奮で上ずった高い声に、アーネストははっと振り返った。木漏れ日が降り注ぐ中、よく似た兄妹はしばし時間が止まったかのように、お互いをじっと見つめていた。

「コーディリア……外へ出て大丈夫なのかい？　光が怖くないんだね？」

アーネストの睫毛が微かに震えて、透き通る翡翠の瞳の奥がきらっと光った。

「ええ！　私、治ったのよ！　人間に戻れたの！」

「ああ、コーディリア！　よかった……本当に、よかった……」

アーネストは万感に胸を震わせていた。コーディリアは身体全身で喜びを表したくなって、手をうんと伸ばすと、アーネストの胸へと飛び込んだ。

「ははは。お転婆娘は直らなかったのかい？」

アーネストは白い歯を見せて破顔しながら、妖精のように身軽な妹をくるりと抱き止める。

コーディリアは兄の胸に頰を寄せながら、自分の胸がどうしようもなく高鳴っているのを感じた。わずかに肌が触れ合っただけで、嵐《あらし》のような激情の一夜が思い起こされた。このままずっと、兄の腕の中に抱かれていたい。コーディリアが恋する乙女《おとめ》の眼差しを向けると、アーネストはひどく困ったような表情をしていた。

「コーディリア……僕との約束は覚えているかい？」

アーネストは静かな声で問いかけると、腕を解いてコーディリアからそっと身体を離した。

「あっ……」

一瞬、言葉に詰まる。そうだったのだ、一夜限りの恋人。明日になったらすべて忘れる、そういう約束だった。いくら、のっぴきならぬ事情があってあのような行為に踏みきったとしても、実の兄、ましてや神父と枕《まくら》を共にすることなど許されざる行為なのだ。

「……ちゃんと、覚えているわ」

これまで、兄は自分のために、どれだけ苦労を重ねてきたかしれない。約束を守らなきゃ。いい妹にならなくちゃ。コーディリアは諦めの心境で静かに頷いた。

「お前はね、ずっと、悪い夢を見ていただけなんだ……でも、神様のお導きで、今日からは普通の女の子《ひと》になったんだよ。これからは普通に成長して、いつか大人になって。そうしたら、好きな男も現れるかもしれないね」

「……そんなことないもん」

兄への思いが昨夜以前とは明らかに変わってしまった今、そんなことを言われると苦しくなるだけだった。

「それで、結婚をして、子供が生まれて……僕はね、お前にはそういう穏やかで、幸せな人生を送ってほしいんだよ。だから、今までのことも、昨夜のことも……みんな忘れるんだ。いいね？」

語り口も表情も穏やかだったが、声には否と言わせない強いものが感じられた。兄の意志の強さに圧倒され、コーディリアはただ頷くしかなかった。

「うん……」

頭ではわかっているのに、兄に芽生えたばかりの恋心を押し潰されて、コーディリアの胸はぎゅっとなるのだった。

三章　奇妙なお茶会

あれから一週間。コーディリアはうきうきと朝食の支度をしていた。

新しい生活になってから、毎日のあたりまえの日課がこんなにも楽しい。

ダイニングの丸テーブルには脚を隠すように、ぱりっと糊《のり》のきいた清潔なクロスがかかっている。コーディリアはキッチンからいそいそと料理を運ぶ。白い大きなプレートの上には卵料理と、油をよく落としたカリカリのベーコンがのっている。それに色を添えるのは、アーネストの菜園で収穫したばかりのトマト。グリルすると甘味が強くなってとても風味がよくなるのだ。それに、昨夜からじっくりかけて煮込んでおいた、いんげん豆を添える。ミルクピッチャーには近隣の牧場で分けてもらった搾《しぼ》り立てミルクがたっぷり注がれていて、濃いめに入れた紅茶との相性は格別だ。

パンかごを置いて、ボリューム満点の英国式朝食の完成である。

「お兄様、朝ごはんですよ～」

アーネストは飾り出窓から、小鳥たちにパンくずを与えていた。窓の外には緑が萌《も》える初夏の美しい景色が広がっている。それは、この三年というもの、アーネストがさらに丹精込めて磨きをかけた成果だった。

コーディリアの呼びかけに、アーネストは手を止め振り返る。

「やあ、美味しそうだね。では、神様にお祈りをして、僕らも朝食をいただこう」

兄妹はテーブルにつくと、手を組んで食前の祈りを捧げた。

コーディリアは、ずっと、光が怖かった。それに、神様のことも。以前は、神様のことを考えるだけで、気がおかしくなりそうだった。それが、今はどうだろう。光でいっぱいになったダイニングで兄と同じ食物を口にして、神様に感謝の祈りを捧げている。コーディリアの心は平和で満たされていた。

「ところで、朝からそんなに食べても平気なの？」

コーディリアはいんげん豆を大盛りに皿によそって、忙しそうに小さな口に運んでいた。食欲旺盛《おうせい》な妹の様子にアーネストは、ちょっと面喰《めんく》らっている。

「だって、早く大きくなりたいの」

コーディリアは念願の学校に通えるようになった。村の小さな学校であるから、クラスは一クラスしかない。年下のクラスメイトにコーディリアが十六歳だといっても誰も信じてくれないのだ。

「そんなに、無理しなくていいのに。でも、まあ、お前は美味しそうに食べるね」

アーネストは紅茶茶碗《ちゃわん》を片手に、幸せそうににっこりと微笑んだ。

「ねえ、お兄様……」

コーディリアはいんげんまめ豆を飲み込んで、ふと首を傾《かし》げた。

「どうしたんだい？」

「あのね、このいんげん豆、お兄様の好きなうす味にしているんだけど……もうちょっと、味を濃くしてみてもいいかしら？」

ヴァレンタインにお湯みたいだとからかわれた煮込みは、食べられなくはないけれど、毎日たくさん食べるのは正直しんどい。そんな微妙な味だった。

「うっ！　……僕はお前の作るものだったら、なんでもいいんだよ」

アーネストは言いにくそうに、ちょっと視線を逸らしていた。

「ひょっとして、今まで我慢して食べていたとか……」

「うっ、うーん」

微妙な顔をして言いよどむ。

「ひょっとして、お菓子を手作りしていたのも……」

食事が美味しくなかったので、せめて菓子だけでも確実なものを食べたいと自作していたということだったのだろうか。

「えっ、えーと」

もう、それ以上言われなくても、兄の表情がすべてを雄弁に物語っている。

「ごっ、ごめんなさい！　長い間変なものを食べさせちゃって……ずっと、味見もできなかつたから……今夜から、ちゃんと美味しく作るわ！」

コーディリアはおろおろとうろたえながら、両手を合わせて平謝りだった。

アーネストはほっと胸を撫で下ろし、穏やかな微笑みを浮かべていた。

「うん、晩ご飯が楽しみだ」

アーネストは小さい妹の食欲に負けじと、大きな口でトーストをぱくりと頬張る。それにつられてコーディリアもこんがり焼けたトーストに手を伸ばした。バスケットいっぱいに収穫したブルーベリー、ブラックベリー、木苺《きいちご》を煮詰めた甘酸っぱい自家製ベリージャムを、バターと一緒にたっぷりと塗りたくる。

修道院で暮らしていた頃は、バターとジャムを同時に塗るなんて贅沢《ぜいたく》は許されなかった。量もほんの薄めにというのが暗黙の了解である。それに、孤児院ではそんなもの端から用意されていない。だから、こうしてジャムもバターも塗り放題というのは、ささやかだが兄妹の大いなる贅沢なのだ。

「あっ」

トーストを頬張った拍子に、緩めのジャムが口の端から滴り落ちてしまった。お行儀の悪いことをしてしまったと、コーディリアはバツが悪そうにぺろりと舌を出す。

「やっぱり、ジャムに凝固剤を入れた方がよかったかしら？」

「そんなのを入れたら、美味しくなくなるよ」

コーディリアはナプキンでジャムを拭《ふ》き取ろうとしたが、その手を制止された。アーネストがテーブルの上に手を置いて、身を乗り出してくる。まさか、幼い頃のように口を拭かれるのだろうか。

コーディリアは何やらくすぐったい気分になる。

「だっ、大丈夫！　自分で拭くから……」

だが、次の瞬間、コーディリアは驚愕に瞳を見開いた。アーネストの顔が不意に近づいたかと思うと、ジャムでべたべたになったコーディリアの口の端をぺろりと舐めたからだ。

「っ！」

兄の奇矯《ききょう》な振る舞いに、一瞬、何が起こったのかわからなくなる。コーディリアは頭を白くして、その場に固まってしまった。アーネストはコーディリアの戸惑いなどまるで意に介さず、唇の端から顎に流れ落ちたジャムを、まるで犬のように舐め取っている。

「んんっ……」

ずっと、何も感じない人形のような身体だったのに、今は兄の舌先に驚くほど肌が敏感になっている。

「やっ、くすぐったい！」

甲高い声を上げてコーディリアは身をすくめた。本当はくすぐったいだけではない。得も言われぬ生々しい感覚に産毛《うぶげ》がすべて逆立ったようにゾクゾクしている。

アーネストはしばし、ぼうっと虚ろな瞳をしていた。

「ごめん。こんなのじゃ、余計に汚れちゃうね」

コーディリアの悲鳴に、急に我に返ったようだ。アーネストはポケットからプレスのきいた白いハンカチを取り出すと、それで唾液で濡れた唇を丁寧に拭《ぬぐ》った。

「じゃあ、行ってくるよ」

それから、何事もなかったかのような顔をして、教会へ出勤していってしまった。

「うっ、うん……」

コーディリアはただ呆気《あっけ》に取られながら、兄の後ろ姿を見送るだけだった。

その日は授業をしていても、メアリーとお喋りをしていても、コーディリアはずっとうわの空で過ごさなければならなかった。


その晩、コーディリアは夜着に着替えると、寝台の上に腰かけていた。羽の詰まった枕とクッションを背もたれにすると、組み合わせた両手に細い顎を乗せて、今朝《けさ》の出来事について悶々《もんもん》と考え込んでいた。

——あれは一体なんだったのかしら……？

夕方に一緒に食事を取った時は、アーネストは平素と何も変わらなかった。

クラスの男の子の失敗談や、メアリーと週末にベリー摘みに出かける約束をしたこと。いつものように、コーディリアのたわいのないお喋りに、穏やかに耳を傾けてくれる。それに、アーネストも職務に差し障りのない程度で、教会の様子や村の人々の噂を聞かせてくれた。

それは、みんなに信頼される誠実な村の神父様そのもの。

兄のいつもと変わらぬ様子にコーディリアはほっと安堵した。

(きっと、私がいけないの……)

今朝の兄の振る舞いに淫らなものを感じて、すっかり動揺してしまったのだ。

アーネストは孤児院にいた頃から、赤ん坊だったコーディリアの面倒をみてくれていた。

それこそ、乳母《うば》のように世話をしていたという。きっと、その頃の癖が無意識に出てしまっただけなのかもしれない。それなのに、兄に抱いている恋心のせいで、いけないことを感じてしまっただなんて。神聖なる兄を穢してしまったような気がして、自己嫌悪に陥ってしまう。

「……もう、寝ようかな」

コーディリアは大好きなうさちゃんを兄の身代りに抱きしめる。就眠には少し早いが、蠟燭を吹き消して寝台に横たわった。だが、瞳を閉じるや否や、闇から微かに囁き声が聞えた。

『ねえ、可愛い人。さっきからため息ばかりついて、何を悩んでいるの?』

艶のある大人の女の声だった。コーディリアはぎょっとして、半身を跳ね上げる。

「誰!」

コーディリアはドキドキする胸を押さえた。闇を透かして視線をさまよわせる。すると、腕の中に抱いているうさちゃんのビーズの瞳が、妖《あや》しい緑色にぼわっと光っていることに気がついた。

ひっ、と息を呑むが、かろうじてうさちゃんを投げ飛ばすのを思いとどまった。

「うさちゃん……あなた、喋れるの？」

コーディリアは不安げに眉を顰め、警戒気味に尋ねた。

『うふふ、素敵なお兄様のことで悩んでいるんでしょう？　私、恋のお話大好きなの。ねえ、貴女とお兄様のこと聞かせてちょうだい。相談に乗ってあげるわよ』

「っ！」

コーディリアは隠していた恋心を見透かされてうろたえた。

だが、祓魔師の妹ともあろうものが、この程度の怪異現象でいちいち騒いではならない。きっと、この城館にさまよう幽霊でも憑依しているのだろう。コーディリアはそっと掛布をはいで寝台から下りると、素早くうさちゃんの耳を摘まみ上げてチェストに押し込んだ。

『あっ、ひどいわ！　暗くて、狭くて！　怖い〜　助けて〜』

どうやら、喋ることはできても、自ら動くことはできない種類の幽霊らしい。

「お兄様が、知らない幽霊と仲良くしちゃダメって言っているの。それに、恋の話が好きなんて、ませたうさちゃんね！　罰としてそこに入っていなさい！」

コーディリアは少し勝ち誇った声で、幽霊に宣言する。

『なんて、う・そ！　狭くて、暗くて、棺みたいで落ち着くわ〜　最高じゃない？』

そう言いながら、ケラケラと高笑いを浮かべている。どうやらかなり性質の悪い幽霊のようだ。幽霊の無礼にコーディリアはむっとする。薄手の毛布を深く被って、嘲笑《あざわら》う声を無視することに決め込んだ。

(ああ、なんだかおかしな一日だった)

疲れのせいだろうか、急に眠気が襲ってくる。

コツン、コツン。夢の淵をさまよっていると、扉をノックする音が木霊《こだま》のように響く。

「……だあれ？」

コーディリアははっきりしない頭で扉を開ける。だが、そこには誰もいない。

——お兄様のもとへ行かなくちゃ。

誰もいないはずなのに、誰かがいる。闇からの囁きに手繰り寄せられ、コーディリアはまるで操り人形のような足取りでさまよい続けた。

コーディリアは寝ボケ眼《まなこ》であたりを見回した。

壁一面を埋め尽くす高い本棚には、金箔《きんぱく》の押してある古い本が詰まっていた。立派なマホガニーの書き物机の上には、本と手紙の束が机を覆い隠すほど積み上げられてある。テーブルのアルガン・ランプは読書に十分な明かりを灯《とも》していた。

どうやら、ここはアーネストの書斎のようだ。

アーネストは村の人々から持ち込まれる相談にいつも親身になって答えようとしていた。また、祓魔や怪異現象のような少々込み入った相談の手紙も寄せられる。難しいオカルトの古文書をひもとき、深夜まで研究に没頭することも多かった。

そんな、勉強熱心な兄をコーディリアは心から尊敬していたし、誇りに思っていた。真剣に本を読む兄の凛とした美しい横顔が大好きだった。

だが、今夜のアーネストはすっかりくつろいで、すらりとした脚を組んで大きな安楽椅子にもたれかかっていた。そして、上機嫌に古いわらべ歌など口ずさんでいる。

「女の子は何でできているの？　お砂糖、スパイス、素敵な何か。そんなこんなでできている～♪」

この歌ならコーディリアもよく知っている。綺麗なメロディのこの歌はアーネストのお気に入りでよく歌ってくれた。ちなみに男の子はカエルと、かたつむりと、子犬の尻尾《しっぽ》でできているらしい。全然、素敵じゃない。

青白い鬼火を背にした幽霊執事はお茶の支度をしていた。

テーブルには陶磁器のカップにティーポット、ケーキ皿の上にはクランペット。それに、クロテッド・クリームやジャムやはちみつの器が並べてあった。それに、高価なボンボンが入っている金銀細工の器まで。兄が自分に隠れてこんな豪華なお茶の時間を楽しんでいるなんて知らなかった。これは、ちょっとした裏切り行為である。

幽霊執事は支度を終えると、慇懃《いんぎん》に礼をする。そして、ドアを開けずに半透明な身体は壁を擦り抜けていった。

「……お兄様、こんな真夜中にお茶をするの？」

コーディリアは眠い目を擦りながら、舌っ足らずに問いかけた。

私に内緒でずるいと文句を言いたいのに、気を抜くと頭がかくんと落ちる。

「ああ、ディリィ。今から、お前を深夜のお茶会に招待しようと思っていたところだよ」

アーネストは甘ったるい猫撫で声で囁いた。どこかおかしな兄の様子に、まだ夢の淵をさまよっているような気分だ。そんな心を映し出すかのように、ランプの炎が闇の中で飴色《あめいろ》に照り映えている。

「歯磨きしたたし、私はもういい……」

お菓子の誘惑よりも、今宵《こよい》は眠気の方が勝っていた。あくびをしながら、おやすみなさいと部屋に戻ろうとする。だが、後ろ手を掴まれ、書斎へ引き戻された。

「きゃっ！」

コーディリアはバランスを崩して、兄の胸の中に倒れ込んでしまう。

「ちょっとつき合ってくれてもいいじゃないか」

気がついたら、軽々と横抱きに持ち上げられてしまっていた。アーネストはコーディリアをお人形のように抱きかかえ、たっぷり綿《わた》の詰まった安楽椅子に腰を沈める。

「今夜の僕のお茶菓子はお前なんだ。女の子はお砂糖とスパイスでできているんだろう？」

「ふえっ？」

アーネストは金銀細工の器を開けて、丸いボンボンを摘まんだ。

「あーん」

「あーん？」

アーネストはコーディリアのほっそりとした顎を摑み上げる。うっすら半開きになった口に、ボンボンを一つ放り込んだ。コーティングされたコンスターチが口の中でさらりと溶けると、甘いシロップが溶け出し、舌に痺れるような刺激と苦味がぱっと広がる。

「これ……お酒？」

甘さと苦さが入り混じって、口の中がかっと火照る。

「うん、お酒入りの砂糖菓子だよ。一粒だけなのに、もうほんのり頬が紅くなっている。お前は身体が小さいから、酔いが回りやすいのかな？」

頬を薔薇色に染める妹の口に、一つ、また一つ、ピンク、水色、黄色のボンボンを放り込んでゆく。三粒も頬張ると、コーディリアの小さな口は甘いボンボンでいっぱいになってしまった。

「んう……っ」

「僕にも、くれるよね？」

アーネストは舌先を唇の隙間に潜《もぐ》り込ませると、尖らせた舌でボンボンをシャクッと押し潰した。ほろ苦い酒がじわっと流れ出し、コーディリアの舌を熱くさせる。アーネストは口の端から流れるブランデーを啜り、濡れた愛らしい下唇を美味しそうに甘噛みしていた。

「ふっ、あっ……」

「ふふ、美味しい」

息をしようとして顔を背けても、追いかけてくる兄の唇にすぐに塞がれてしまう。それに、いつのまにか胸元に手が添えられていた。片方の手のひらが薄絹のナイトドレスの上から、小ぶりで硬さのある乳房をやさしく撫でまわしていた。

「ほら、もっと口を開けて。お前の可愛い舌を出してごらん」

「んっ」

兄の命ずることは守らなくては、ちゃんといい妹《こ》でいたいから。そんな、条件反射でコーディリアは素直に唇を開いてしまう。舌先がちょこんと触れ合っただけなのに、ひどく艶《なま》めかしい感触がして頭の奥がゾクゾクとわなないた。しっとりと濡れた唇を重ねるたびに、甘美なる陶酔が全身にじわじわと染み込んでゆく。本当にわずかな砂糖菓子のブランデーで酔ってしまったのだろうか？

「ひっ、やあん……」

唇を重ねながら胸に触れられると、なんだか形容しがたい変な気分になった。

この未知の感覚を肯定できないコーディリアは、眉を顰めて嫌がってみせる。

「ボンボンはあんまり好きじゃなかったかな？　じゃあ、これはどうだい？」

アーネストは指にたっぷりと濃厚なクリームを塗りつける。

「これはなんだい？」

「クロテッド・クリーム……」

「ああ、そうだよ。お前の大好物だよね」

アーネストはきめ細やかな妹の頰を撫でながら、親指の腹で小さな唇を舐っている。

「ほら、兄さんが食べさせてあげるから、好きなだけしゃぶるといいよ」

うすく開いた唇にずいっと親指を差し込んだ。まるで、交接を連想させるような動きで、ずぼずぼと親指を抜き差しされると、唇がクリームでべとべとになってしまう。

「ふあっ……」

ぺろりとコーディリアは美味しそうに唇を舐める。

「残したらもったいない。もっと、丁寧に舌を絡ませてごらん」

どこか淫靡《いんび》な感じのする行為を命ぜられて、胸は妖しくときめいていた。コーディリアは兄の手を引き寄せると、とろんとした瞳をして親指に吸いつく。ちゅうちゅうと夢中になってクリームのついた指を舐め取った。クリームだけのせいではない、兄の指は夢中になるほど美味しかった。

「そんなとろけそうな顔をして、お前は本当にお砂糖とスパイスでできているんだね」

自分の指にしゃぶりつく妹の姿に、アーネストはうっとりと魅入っている。

こんな、デレデレと締まりのない態度の兄はあり得ない。

やはり、これは不思議の国のマッド・ティー・パーティーよりも、もっと奇妙な夢なのだ。

「美味しかった？　今度は砂糖菓子のように可愛いお前を僕に食べさせて」

アーネストはコーディリアを正面に抱きかかえ直すと、頭部を引き寄せて唇に食いついた。

「んっ……ふっ……」

兄妹の荒い息遣いと艶めかしい水音が、夜の静寂に包まれた部屋に妙に響く。

いつのまにか、胸に添えられていた手のひらが、官能を刺激するいやらしい手つきに変わっていた。アーネストは胸の頂きを潰すように揉みしだきながら、クリームまみれの唇をねばっこいキスで貪婪《どんらん》に味わっている。そうやって胸を弄られながら何度も口を吸われているうちに、肌がどんどん熱くなっていることにコーディリアは気がついた。

「いや……何か変……？」

この肌を熱くさせる疼きはなんなのだろう？　コーディリアは未知の感覚にじれったそうに、腰をもぞもぞとさせる。そんな妹の様子にアーネストはとろけるような笑みを浮かべている。

「うん、僕にはなんでもわかっているからね」

アーネストはそう言うや否や、胸元で揺れていたナイトドレスのリボンを左右に解いてしまった。

「ひゃっ！」

さらけ出された白い胸元が夜気に触れ、兄の目にさらされている。コーディリアは肩をすくめて、とっさに胸元を両手で庇おうとした。だが、アーネストはそれを押しとどめると、素早くテーブルの上にあったジャム瓶に手をかける。

「なっ、なあに……何をするの……？」

「僕のお菓子を食べるだけさ」

いつもの兄らしくない嫣然《えんぜん》とした微笑み。アーネストが逆さまにした瓶底を勢いよく叩くと、真っ赤ベリージャムが胸元に投下された。白い肌が粘膜を帯びた液体で真っ赤に染まる。

「ひゃっ！　つっ、冷たい！」

これが、夢だとしても奇妙すぎて、コーディリアは飛び上がりそうになってしまう。

「大丈夫だよ。すぐにひと肌に馴染《なじ》むから」

アーネストは紅い軟膏《なんこう》のようなベリージャムを、なだらかな二つの丸い膨らみにたっぷりと塗りたくった。つんと上向きになった乳頭をべたべたの手のひらで転がされれば、コーデイリアはびくんと切なげに身じろぎをする。

「やぁんっ……」

クリームでつやつやになった唇から甘い吐息が零れる。布越しに触れられていた時も心地よさを感じていたが、素肌に直《じか》に触れられる感触の艶めかしさは格別だった。

「ここ、まるでルビーのように硬くなっている。女の子の素敵な何かってこれのことじゃないのかな？」

控えめに盛り上がった二つの膨らみの上で震える突起は、てらてらと光って紅玉《ルビー》のように色づいていた。アーネストはしこった乳首の周囲を指でなぞり、くるくると弧を描くように弄《もてあそ》んでいる。兄の指淫《しいん》は的確で、コーディリアはたやすく甘い指先にとろかされてしまう。

だが、いくら夢でもこれはいけないことだ。

「そんなところ……だっ、だめっ……」

コーディリアは小さく抗議の声を上げる。それを封じるかのように、アーネストは勃ち上がる胸の先端を、指先でピンと弾《はじ》いた。コーディリアはびくんと弓なりに身体を反らす。

「ふあっ！　何……」

アーネストはぷっくりと愛らしく膨らんだ乳首を摘まんでは離し、いじわるく弄ぶのをやめようとしない。

「やっ……」

「もっと、大きなルビーにしてみようか？」

アーネストが甘く耳元に囁くと、頭の奥までぞくっとしてしまう。

「あッ……んっ……」

アーネストは愛らしく膨らんできた乳頭を、人差し指でくりくりと摘まみ上げていた。左右の乳首をリズミカルに強弱をつけながら捏ねまわされると、胸の突起は硬くしこってどんどん尖っていってしまう。先端をきゅっと引っ張り上げられた。

「何カラットあるのかな？　こんなに淫らに光っているよ。ほら、お前も見てごらんよ」

「くすぐったいの……もう、そこにさわらないで……」

本当はくすぐったさだけでない。ふしだらでいけないことをやめてほしかった。でも、それをはっきり口にして、説明するのは恥ずかしい。顔を仰け反らせてもじもじとしていると、アーネストはちょっとからかうような笑みを浮かべた。

「お前はさっきからくすぐったいって言っているけれど、本当はそれだけじゃないよね？」

「あっ、何……！」

アーネストはコーディリアの胸元に顔を寄せると、ベリージャムでテラテラと光る赤い先端に柔らかい唇を被せた。ちゅうっと音を立てて乳輪ごと吸いついて、舌をねっとりと絡ませてくる。愛らしい丸い突起を口に含むと、果肉を食むようにくちゅくちゅと甘噛みをしていた。

「甘いまろやかな舌触り。まるで、さくらんぼうの果肉入りだね」

「ひゃっ……あんっ……」

片方を唇で吸い上げられながら、片方の乳房はぬるりとした手のひらで擦られる。左右の胸にもたらされる種類の違う快感に膝が萎《な》え、腰がもぞもぞと勝手に動きだしてしまう。

「あっ……何か、変……」

下腹部がじわりと熱くなって、膣《なか》が熱く疼いて仕方がない。それが、男を受け入れようとしている欲情の証《あかし》だということが、コーディリアにまだわからなかった。

「うん？　両方の胸を弄られるのが、そんなによかったのかな？」

「ちっ、ちがうの……」

コーディリアは黄金の髪を揺らして必死で首を振る。この、わけのわからない未知の感覚がよかっただなんて。肯定すればとてもいやらしい悪い子だと、神様に叱《しか》られてしまうような気がした。

たとえそれが夢だとしても。

「そんな顔をしても駄目だよ。お前が本当に嫌がっていないってことは、ちゃんとわかっているんだからね」

アーネストは嘘つきのおしおきとばかりに、乳輪ごと強く啜り上げた。

「ひゃうっ！」

わざと音が聞こえるようにじゅるじゅるといやらしい水音を立てて甘いジャム啜り、乳《にゅう》腺《せん》をきつく吸い上げられてしまう。

「あぁっ！　だっ、ダメ！　そんなことぉ……」

「ベリージャムだけじゃなくて、お前の甘酸っぱい味もするね」

「ダメっ……そんなにきつく吸っちゃ……」

情けないか細い声で、やめてとお願いをする。だが、ちゅうちゅうと乳房に吸いつく兄の痴態見ていると、言葉とは裏腹に女の本能のようなものが疼いて、胸の奥がきゅんと甘くなってしまう。

「吸われるよりも、舐められる方がいいかい？」

アーネストは先刻よりも激しく口淫を再開する。丸く硬くなった乳首を舐め上げて、歯で甘噛みして引っ張り上げて。コーディリアの敏感になった二つのルビーをとことん弄《いじ》り倒そうとしていた。

「ひゃっ、はぁっ、あぁん！」

「舐められるのと、指で弄られるの。どっちが気に入ったかな？」

「ふあっ、いじわる！」

幼さを残した少女の身体ではあったが、もう芯まで十分にとろけきっていた。コーディリアの身体はその先にあるさらなる深みを求めてしまう。いつのまにか、じれったそうに腰を揺すり、濡れた太腿をもぞもぞと兄の脚に擦りつけていた。

「ほら、素直に言ってごらん。兄さんにこうしてもらって、気持ちがいいんだってね。そうしたら、ご褒美にもっといいことをしてあげるよ」

アーネストはいやらしく舌を丸くひろげて、勃起《ぼっき》した乳首をぺろりと舐め上げた。その姿には、日頃の神父としての矜持《きょうじ》も清廉さの欠片《かけら》もなく、ただのいやらしい雄犬でしかない。

「おっ、お兄様が……こんなことするなんて……」

コーディリアはぎゅっと眉を顰めて、甘い疼きに抗《あらが》おうとする。

「ほら、どうして言えないの？」

「ふうっ……っ……」

唇と舌、指先と手のひらの愛撫、どちらがいいかなんて比べられない。どちらもコーディリアを巧みに追い詰め、確実に快楽の淵へ堕《お》とそうとしている。コーディリアは、はあはあと肩で息をつきながら、もはやこの身を苛む甘い疼きと、美形の兄の誘惑に抗えそうにないと感じていた。

「どっちも、気持ちいい……」

いつのまにか促されるままに、そんな言葉を呟いていた。

「もっとしてほしい？」

「もっ、もっとしてほしい……」

コーディリアはぐったりと身を弛緩《しかん》させて、おうむ返しに兄の言葉を繰り返す。

「もっと、お前の大好きな、可愛いルビーと、ここを弄って気持ちよくしてほしい？」

アーネストは敏感すぎる胸の先端を引っ張り上げ、くにくにと捏ねまわしながら尋ねる。

そうされると、女芯はひどく疼いて、秘所はどろっと溶けだして蜜を零す。

「あんっ……弄ってほしい……」

もう、やめてなんて言えそうになかった。

「うん。でも、こっちの胸だけ口で可愛がってあげていると、もう片方が焼きもちを焼くね。喧嘩《けんか》をするといけないから、どっちも、平等に愛してあげるよ」

胸の左右が喧嘩をするなんて、なんというナンセンス。なんという奇妙な夢。朦朧とする意識の中で、コーディリアは本当に自分自身が溶けだして、ベリージャムになってしまったような錯覚に陥った。

アーネストは右の胸から顔を離すと、悩ましく勃ち上がるもう片方の先端にもやわらかい唇を被せた。硬い丸みを確かめるようにちろちろと小刻みに舌を転がしている。もう片方は指を巧みにさばいて、赤く尖った乳頭をぐりぐりと捏ねまわしていた。

「あぁっ……んッ……」

それを繰り返されると、膣《なか》がきゅんきゅんと収縮した。ふわっと現実から浮遊していく。

コーディリアはびくびくっと細腰を震わせ、その淫らで不可思議な感覚に耽溺《たんでき》する。

(溶ける……なんだか、とろとろになっちゃう……)

コーディリアはうっとりするような瞳で、兄の与える快感にひたっていた。

砂糖菓子のように甘い妹の反応に、アーネストも一緒にとろけそうな顔をしている。

「ああ、そんな甘い声を出して。胸を弄られただけで、軽くいってしまったんだね？ お前の存在は、まるでお菓子のように僕を幸せな気分にさせてくれる。全部、食べちゃいたいよ」

そう、私はお菓子。

「うん、いいの……私を食べちゃって……」

だって、現実のことではない。これは、夢なんだから。

アーネストの手のひらが線を辿るように胸から脇腹に下りて、腰から内腿の柔肉に伸びる。

そこは、すでに愛蜜でじっとりとしめっていた。

「ここにはね、一番、素敵な美味しいお菓子が隠れているんだよ」

ぷっくりと肉つきのよくなった恥丘に隠された、うす桃色の花弁を左右にそっと開いた。

アーネストはしなやかな指にたっぷりと粘液を纏いつかせると、ひとすじの溝に指を滑らせそろりそろりと往復する。硬化した花芯の周りを、粘ついた二本の指で包皮ごと挟んでやさしくしごいていく。

「あふう……」

じれったいほどに疼いていた花芯に触れられるのはたまらない悦楽だった。秘孔からまたとろりとろりと蜜が溢れてくる。熱いとろとろの蜜で潤った秘孔は、アーネストの差し込んだ指をぬちゃっと音を立てて軽く咥《くわ》え込んだ。浅く膣口をかき混ぜられ、くちゅくちゅとしめった音を立てながら指を抜き差しされると、また新たな悦びに目覚めてしまう。

「お前の蜜ってどんな味だろうね」

アーネストは蜜壺を掻きまわしていた指を引き抜くと、透明な糸を引く蜜をぺろりと舐めた。

「うん、美味しい」

指を舐め取る仕草が妙に艶めかしい。美貌の兄の流し目に、コーディリアは魂を粉々にされそうだった。じっと秘所を覗き込まれるだけで、はしたない蜜がどんどん滴ってきてしまう。

「砂糖菓子より、クロテッド・クリームより、ベリージャムより、お前の花蜜が一番美味しいよ」

内腿をしめらせていたものの正体を兄に指摘され、コーディリアの頬がぼっと林檎《りんご》のように紅くなる。ああ、やはり自分はジャムに……いや、いつのまにか花の蜜になってしまったらしい。

「女にはね、美味しい、いやらしい蜜を溢れさせるための秘密のボタンがあるんだよ。お前はまだ小さいけれど、どうだろう？」

アーネストはコーディリアを安楽椅子に座らせたまま、自分は背を屈めてその前に跪いた。恥毛もまばらなひし形に顔を埋めると、秘密のボタンに熱い吐息を吹きかける。

「ひあぁっ！」

それだけで、びくっと腰が跳ね上がってしまう。

「どうかな？　と思ったけれど、すごく敏感なようだね」

アーネストはクスクスと小さく笑っている。

胸の愛撫で十分に興奮して充血した肉粒はぷっくりと膨れて、包皮の中から珊瑚色《さんごいろ》の先端を控えめに覗かせていた。アーネストはジャムと唾液で濡れた唇をそこに被せる。まだ少女でしかない妹の身体に、女の快楽の中心を教え込もうとする。舌先をちろちろ小刻みに動かしては、膨らんだ突起の先端を軽くくすぐっていた。

「あぁぁっ！」

秘密のボタンの快楽は鮮烈すぎた。コーディリアは思わず、兄の頭を挟み込んで内腿を閉じようとする。だが、アーネストは強い力で内腿を大きく開くと、細腰ごと安楽椅子に押さえ込んでしまう。

「やっ……だめぇ……」

秘められた花びらの奥まで兄の目のさらしてしまい、さすがにコーディリアは羞恥にわなないた。だが、アーネストはなんの躊躇いもなく妹の股間に顔を押しつけている。女芯を包皮ごと唇の裏で舐ったり、付け根に舌先を押し込んでグリグリと抉るように押しつけたり、時間をかけて丹念な舌淫《ぜついん》をそこに施した。その間、コーディリアは甘い疼きに翻弄《ほんろう》され、ただ身悶《みもだ》えているしかなかった。

「ひゃっん……いやっ、なあに……」

不意打ちのように、歯で珊瑚色の突起を甘噛みされた。腰がビクンと跳ね上がり、はしたない嬌声《きょうせい》が漏れる。甘くまろやかな胸への愛撫とは違った鮮明な刺激に、コーディリアは身を捩って細い脚をバタつかせる。太腿は汗ばむほど熱く火照るものの、背筋にはぞくぞくするような身震いを感じていた。

「まだ小さいからなんて心配することなかったね。どうやら、お前のここはすごく感じやすいみたいだ」

アーネストは間髪容《い》れず丸く充血した肉突起をちゅぱちゅぱと軽く吸い上げた。

「ふうっ、んうっ」

吸い上げられるたびに珊瑚色の肉玉は硬さを増し、ついに突起の頂上をつんと覗かせた。剝き出しにされたそこを、平べったい舌で舐められると、コーディリアはたまらなくなって甘い吐息をはあはあと荒らげる。兄の与える甘い刺激に耽溺するものの、しだいに何かがじれったくなって、もぞもぞと腰をくねらせてしまう。

「まったく、お前は吐息まで、美味しそうなんだから……」

アーネストは悩ましげに眉根を寄せていた。大きい安楽椅子に這い上がると背もたれを上手に使って、コーディリアの身体に負担をかけないようにのしかかった。顎を掬い上げられると、口を隙間なく塞がれる。舌が絡められるとコーディリアは口の中に広がる妙な味に渋い顔をする。

「どうしたの、そんな顔をして？」

キスの合間にアーネストが問いかける。

「何か、すっぱい変な味がする……」

「何って？　お前の蜜だよ」

アーネストはさもおかしそうに、くすくすと失笑している。

「美味しい蜜なんて嘘だわ」

コーディリアは不服そうに眉を顰め、舌をべっと出して唾液を零した。アーネストは顎を伝って落下するそれを舌で受け止めると、ごくんと咽喉を鳴らして飲み込んだ。

「僕には、何よりも美味しい蜜なんだけどね」

嫣然とした微笑を浮かべ、唇を舐め取る仕草が艶めかしい。

「お気に召さないなら、本当の蜜を塗ってあげようか」

「そんな……ひゃっ」

現実なら食べ物で遊んではいけない。でも、これは飛びきり奇妙な夢なのだ。現にそんなことを絶対に許さないアーネストが、はちみつの瓶をひっくり返しているではないか。それが、何よりも夢である証拠だ。

「ほら、はちみつだよ。お前はこれも大好物だからね」

アーネストは黄金色のはちみつでベタベタになった手で、コーディリアの恥丘に触れてきた。はちみつの粘り気が潤滑剤のようになって、指が滑らかに秘裂を往復する。三角に尖った花芯の先端をぬるぬると擦り上げられると稲妻《いなずま》のような痺れが走って、コーディリアの頭の奥は一瞬、白んでしまう。甘美な痺れが下肢に広がって、膣奥が狂おしく痙攣《けいれん》した。

「ひっ！　あぁっ！」

「今夜は上の口ばかり美味しい思いをしているね。今度は、下の口にも食べさせてあげようか？」

うす桃色の二枚の花びらを執拗に捏ねられて、ひくつく秘孔にぐちゅぐちゅと指を抜き差しされた。ガクガクと膝の力が抜け、足がわななき、黙って座っているなどもはや不可能だった。

「はっ、あぁんっ……もう……だめぇ……」

はちみつと淫蜜でねろねろになった女芯と同時に、秘孔の奥の襞までぐちゅぐちゅと掻き混ぜられた。このまま、こんなことをされ続ければ頭の芯まで、それこそはちみつのようにどろどろと溶けだして、気が変になってしまいそうだった。

「怖い？　もう、やめる？」

身を苛む甘い疼きから解放されたい。

「いっ、いや……」

でも、兄に身体に触れられるのをやめられたくない。

「じゃあ、どうしてほしいの？　ちゃんと言ってくれないと困るな」

小動物のようにぷるぷると打ち震えるコーディリアの姿に、アーネストはちょっとからかうような人の悪い顔をしていた。アーネストは、じらそうとしているのか、尖った快楽の中心に触れるか触れないくらいの繊細なタッチで上下にくすぐっていた。兄の指先の感覚に腰のあたりがむずむずして、淫蜜で椅子をしとどに濡らしてしまう。

「お兄さまぁ……」

コーディリアはぱっちりとした翡翠色の瞳から、つうっと涙を滲ませた。もっと、ちゃんと触ってほしいと、くねくねと腰を突き出していた。

「ふふ、ちゃんとわかっているよ。物足りないんだよね？」

「ひゃうっ！」

ゆるりと嬲《なぶ》られていた女芯を、急にぐりっと強く潰された。ぞくぞくっと、身震いすると

共に鮮烈な快楽がせり上がる。膨らんだピンク色の突起の先端を、指の腹でぐりぐりと押し潰され、根元から強く何度も擦り上げられる。

「あーっ！」

待ち望んでいた強い快感を与えられると、下肢からぞわっとするようなさざ波が押し上がった。コーディリアがびくびくと身を強張らせていると、アーネストはお留守になっていた胸元に再び手を伸ばした。しこって硬くなった乳首を摘まみ上げると緩急をつけてリズミカルに捏ねまわし、もう片方の乳首もやさしく唇を被せて吸い上げていた。

「怖がらなくて、大丈夫だよ。このまま、いっちゃいなよ」

「あーっ、ひゃぁんっ……はぁっ……」

女を目覚めさせる、秘密のボタンは一か所だけではなかった。三点を同時に舐めて、摘まんで、擦られると、花がほころぶように官能の悦びが開花する。コーディリアの指先はぴんと張り詰め、足は爪先《つまさき》まで突っ張っていた。膣がびくびくと痙攣すると、下肢から快感の奔《ほん》流《りゅう》が全身にどっと押し寄せてくる。

「やあぁっーっ、あぁっ！」

白い肌は波打ち、体中が愛らしく痙攣していた。

妹が絶頂に達するさまを、アーネストは得も言われぬとろけるような面持ちで魅入っていた。

しばらくして、硬直していた身体が、心地よさの中で弛緩していくのがわかった。コーディリアはぐったりと安楽椅子に深く崩れ落ちる。

「はあ、はあ……何、今の……」

じっとりと汗ばみながら、身を苛んでいたじれったさから解放されていることに気がついた。だが、コーディリアは何が起きたのか理解できず、虚ろな瞳でぼんやりとしていた。甘い余韻はまだ小さな身体の中で燻《くすぶ》っている。

「いっちゃったね。とても、可愛い顔だったよ。それこそ、お菓子みたいに甘くてとろけそうな顔をしていたね」

アーネストの手のひらが頬をやさしく包んで、真綿のようなキスが鼻先に落ちる。

「……私、どこに行くの？」

兄の言っている意味がわからず、コーディリアは気だるげに問いかけた。

「そうだね、天国かな？」

アーネストはよほどその質問が可笑《おか》しかったのか、クスクスと笑いが止まらない。可愛くてたまらないとばかりにコーディリアの乱れた髪をずっと撫でてくれていた。だが、コーディリアには何がそんなに可笑しいのか、やっぱりよくわからなかった。

「ハンプティ、ダンプティ♪　塀の上♪」

甘く囁くような妖精のような少女の声。

「ハンプティ、ダンプティ♪　落っこちた♪」

透明感がありながら、それでいてちょっと鼻にかかる甘さのある美声。

神父の兄と妹が、泡立つ白い陶器のバスタブに浸かってマザーグースの歌を陽気に合唱している。

——すごく変な夢。こんなの、絶対におかしい！

だが、この夢をコーディリアはだんだん楽しく思い始めていた。

狭い浴槽なので二人で入るには、コーディリアがアーネストの上に乗って浸かるしかなかった。兄の裸の胸に背中から抱きかかえられながら、美味しい素敵なものでべたべたになった身体を、白い泡で綺麗にくまなく洗われていた。

「きゃっ、くすぐったい！」

アーネストは石鹼《せっけん》の泡でぬるついた手で、まだいたずらを続けていた。小さな乳房を揉みしだかれると、コーディリアは笑いながら身を捩った。

「だって、お前は胸が小さいのを気にしていただろう。こうして揉んでいると大きくなるんだよ」

泡立つ手のひらで乳房を包み込んでは、胸を色々な形に揉みしだいている。

「ほっ、本当？」

「ああ、いつでも兄さんが揉んであげるよ」

兄の生々しい裸体を背中に感じながら胸を触られて、肌と肌を擦り合わせる心地よさにうっとり夢心地になってしまう。乳房の先端にぴたりと細長い指が押しつけられると、痛々しいほど紅くなった乳首を再び弄ばれた。何度も達することを知った小さな身体は、淫らな期待にぞくりと粟立っていた。

「また、ルビーみたいに硬くなっちゃった」

「はぁっ……あんっ……」

「これが気に入っちゃったみたいだね」

耳殻に熱い息が吹きかかる。アーネストは尖らせた舌で耳の下をくすぐっていたが、急にぱくりと耳朶《みみたぶ》を甘嚙みした。コーディリアはびっくりしてか細い悲鳴を上げる。

「ひゃん！　みっ、耳まで食べちゃうなんて……」

「可愛いお前を、全部、食べたいな」

アーネストはシャボンで泡立つ浴槽に手を突っ込むと、素敵なお菓子の隠し場所に手が伸びる。珊瑚色の肉を覗かせる女芯の先端を剝き出しにして、泡のついた指でひたすらぬるりぬるりと擦りつける。

「あぁ！　やあんっ！」

コーディリアはびくんびくんと身体を痙攣させて、兄の腕の中で意識が朦朧となる。頭に残る慣れない酒と、身を苛む肉の疼き。風呂にものぼせてしまって、コーディリアはどんどん力が抜けてしまう。ふにゃふにゃと脱力していく妹の様子に、アーネストはクスクスと笑いが止まらない。

「もう……変なとこばっか触らないで……」

「わかったよ。ちゃんと綺麗にするだけだから」

しばらくはおとなしくシャボンの泡で、背中、脇腹、へそ、太腿とくまなく身体を洗っていた。だが、コーディリアがほっと一息ついて油断していると、だんだん触れる手つきがいやらしくなる。

「もっ、もう、いい……自分で洗うから……」

抗議をする間に、手が内腿に滑り込む。どこを狙《ねら》っているか聞かなくてもわかる。

「ぷっくりと木の実みたいに硬くなって。こうして触れているだけで僕もたまらない気分だ」

恥ずかしいほど赤く膨れ上がった肉粒をゆるゆると捏ねまわされると、コーディリアは堪えられずに白い咽喉元をさらして仰け反った。

「はあぁっ……あぁんっ……そこ、ばっかり……」

「だって、お前はここが大好きだろう?」

「……大好きだなんて。あっ、あぁ」

やわらかい兄の手のひらに纏わりつく、ぬるついた泡の感触が気持ちよすぎる。今夜、書斎の扉を開く前までは、何も知らない身体だったというのに。女の快感がどこに隠されているのかを、兄の手ですっかり教え込まれてしまった。

この奇妙な夢から覚めれば、本当に今までの自分に戻れるのだろうか？

「いいかい、ディリィ。お前がこういうことを知ってしまったから言うけど、自分でここを弄っちゃいけないからね」

もう、何度達したかわからないのに、アーネストはそれでも執拗に女陰を弄るのをやめなかった。親指で女芯を弄りながら、同時に肉の花弁を開いて奥の柔肉を指でぐちゅぐちゅと掻きまわす。

「あっ、あっ、もっ、もう……ダメ……」

剝き出しの花芯にもたらされる鮮烈な刺激と、膣中からじんわり広がるうねりに翻弄され、お湯の中に蜜がとろとろと流れ出す。これでは、洗っているのか、汚しているのかわからない。

「ここを自分で弄って、快楽を貪ることはとってもいけないことなんだ。手淫は神様の掟《おきて》に背くことだからね。それに、病気の原因にもなると言われているし、精神も悪影響をもたらすんだよ」

朦朧とした意識の中で、コーディリアは兄の言葉に怖々と耳を傾けていた。

「もし、言うこと聞かなかったら、お仕置きしなきゃいけなくなるな」

「どんな、お仕置き……？」

「神学校では、鞭《むち》でお尻を打ったりするけど」

ひっと、コーディリアは息を呑んだ。

「しない！　そんなこと、絶対にしないから……きゃあ！」

ふいに、尻の丸みを撫でまわされた。兄がぶったりするはずないのに、コーディリアはびっくりして水面から飛び上がりそうになってしまう。反射的に逃げ出そうとする身体を、がっちりと抱き込まれると、逃げ出そうとした罰とばかりに指淫はいっそう激しさを増す。コーディリアは甘い悲鳴を上げ続け、荒い息を肩でついた。乳白のうす靄《もや》が霧のように頭の中に広がってゆく。

「あーっ、やあーっぁ！」

「可愛い顔をして、またいっちゃった」

アーネストはクスッと艶っぽい笑みを浮かべる。

「お兄様……ひどい……もっ、もうダメなのに……」

コーディリアは快楽に身を震わせ、真っ赤な顔をして涙目になっていた。力が抜けて、顔半分が浴槽に沈んでしまいそうになる。アーネストはそれを引っ張り上げ、もう一度やさしく抱きかかえた。

「でも、愛おしいお前に、鞭打ちなんてひどい真似《まね》はできないからね。もし、我慢できなかったら、僕に言いなさい。いつでも、こんなふうに気持ちよくしてあげる。困っているお前を助けるのは淫らな行いじゃないから、大丈夫だよ」

やさしく髪を梳《す》くように撫でて、つむじにキスをして安心させてくれる。

「ふぁあい……」

明らかな詭弁《きべん》、らしくない兄の態度。

だが、身も心も兄にとろかされてしまったコーディリアに、今は疑問を挟む余地などなかった。


二人は石鹸の泡を洗い流すと、ふかふかのバスタオルで身体を拭いた。

バスローブに着替えたアーネストは、コーディリアの髪を櫛《くし》で梳いたり、幽霊執事に用意させた新しい夜着を羽織らせたりと、かいがいしく世話を焼いてくれる。コーディリアは本当に着せ替え人形にでもなったような気分だった。

「お風呂上りのいい匂いがするね。お前がうさちゃんを抱っこするように、今夜は、僕もディリィを抱いて寝ようかな」

アーネストはそんなことを言いながら、ちょっと苦しくなるくらい力を込めてコーディリアを抱き締めた。

「うっ、うん……お兄様のためなら、私、なんにでもなる……」

もう、お菓子にでも、ぬいぐるみにでも、なんにでもしてという気分だった。

「僕、たまに怖い夢を見るんだ……」

アーネストは、ぼそりと呟いた。

「どんな、夢……？」

「……むかし、むかしあるところに、古いお城がありました」

アーネストは唐突にむかしばなしを話し出した。それは、コーディリアに聞かせているというよりは、自身の心の深いところに問いかけるような言い方だった。

コーディリアは、その話にぼんやりと耳を傾ける。

「そこには、伯爵と、伯爵夫人が暮らしていました。そこへ、伯爵夫人の兄がやってきました」

初めて耳にするむかしばなしだった。兄の瞳には仄暗《ほのぐら》さが入り混じり、声は低く沈んでいた。

「伯爵は悪魔で、伯爵夫人も悪魔で、伯爵夫人の兄も悪魔でした」

「みんな、悪魔なの……」

「ああ、そうなんだ。みーんな、悪魔なのさ」

冷え冷えとした兄の声に、背筋に冷たいものが走る。

「それで……どうなるの？」

「さあ？　どうなるんだろう……すごく、後味の悪い結末だったと思うけれど……」

要領を得ぬ兄の答えに、コーディリアは狐《きつね》につままれたような気持ちになる。

「おやすみ。よい夢を……」

アーネストはコーディリアを寝台へ運んで寝かしつけると、おやすみのキスを頬にした。そして、ふらふらとした足取りで部屋を出ていってしまった。

ぬいぐるみになるのはもういいの？

そう思いつつコーディリアももはや限界だった。抗えない悪魔、その名は睡魔。それに襲われると、コーディリアはそのまま深い眠りの国へ引き込まれてしまう。

うっそうとした木々が生い茂る、森の中にそびえ立つ中世から続く古城。

城には時代の様式というものがあるので似ているのはあたりまえなのだが、ウィトリンはアーネストが記憶の底に封印した忌まわしき古城にあまりにも似ている。

ノブレス・オブリージュを地で行く伯爵は軍務に就いており、遠征が多く城を留守がちにしていた。金色の髪をした美しい母は、高貴な血筋の子を産むためのお飾りの人形。極寒の地から嫁いできたので英語をまったく話せず、誰とも言葉が通じない。いつも、孤独で寂しい瞳をしていた。

父が長い間留守をすると母の実兄、つまりアーネストの伯父《おじ》が必ず城へやってきた。母は夫である伯爵といる時よりも、伯父といる時の方がずっと幸せそうだった。金色に輝く美貌の兄妹は手を繋いで、肩を寄せ合って、その親密さはまるで恋人同士のように見えた。

あれはいつのことだっただろうか？

アーネストは父のものであるはずの天蓋《てんがい》付きの寝台の上に違う男が寝ていることに気がついた。滑らかな絹のリネンに埋もれ、絡み合う二つの白い裸体。伯父と母が蛇《へび》のようにぐねぐねと身体を絡ませていた。幼いアーネストにもそれがひどく邪悪な行為であることはすぐに理解できた。だが、同時にその邪悪な行為に、ひどく心を奪われてもいた。

いつしか、伯父と母の姿が、自分とコーディリアの姿にすり変わる……。


「うわあぁぁぁ！」

アーネストは体中から汗を噴き出し、心臓を押さえながら飛び起きた。

肩で荒い息をつきながら、虚ろな瞳であたりを見回す。

「……夢か」

アーネストは眉間《みけん》に皺《しわ》を寄せ、辛そうに目を細めた。額にかいたべったりとした嫌な汗を拳《こぶし》で拭う。これまで、何度、見たかしれない、いつまでも終わらない悪夢。早朝からどっと疲労感が身体を蝕《むしば》む。寝台から半身を起こすと、鏡に映る自分の姿が目に入った。

（だんだん、あの男に似てきた……実の妹を抱いた、あの悪魔に……）

人から褒めそやされる、黄金の髪も、翡翠色の瞳も、優美な姿形も。アーネストにとっては忌まわしき罪の証を具現化しているに過ぎない。もう、それを語るべき伯爵も伯父も母も、もはやこの世にはいない。だが、自分が誰の子であるかは目に見えて明らかだった。

アーネストは恩師であるエンデルス神父より、叙階の折に賜《たまわ》ったロザリオをぎゅっと握り締める。

『人は誰しも生まれながらにして罪を背負って生まれる。そして、主は我々の代わりに原罪を背負ってくださるのだ。我々は生まれながらに罪人なのだ。私もお前も、そして、すべての人々が……』

背負いきれないほどの重い十字架を背負って生まれてきたアーネストに、恩師のこの言葉がどれだけ救いをもたらしてくれたかしれない。

アーネストはのろのろと起き上がろうとするが、下着のしめった感触にうっと呻きを漏らす。

「ああ……なんてことだ……」

神学校に入る前の若い頃ならいざ知らず、いっぱしの司祭になったというのに。よりによって妹の夢を見て精を漏らしてしまうとは。

アーネストは眉を下げて、ひどく情けない顔をする。

「それにしても、なんという夢なんだろう……」

着替えをしながらアーネストの白い頬はかっと朱に染まっていた。

だが、心理分析をしてみれば、ひどく簡単なことだと思われた。修道院ではバターとジャムを塗りすぎると周囲に白い目で見られた。孤児院では親切な人の差し入れのお菓子を食べただけで、鞭でこっぴどく打たれた。その反動で、今では二人とも思う存分、トーストにバターとジャムを塗りたくり、菓子だってたくさん買い込んでいる。そして、日頃からアーネストは妹を溺愛《できあい》しており、食べてしまいたいくらい可愛いと思っている。

(だから、僕のとてつもない幸福を、あの夢が表しているということだ)

自らの幼稚さに呆れ果ててしまう。

「とんでもない変態兄貴だな……僕って奴は……」

軽く舌打ちをして、吐き捨てる。だが、夢でよかったと、心から安堵していた。

アーネストは洗面台で顔を洗うと、身支度を整えようと机に向かった。そこには、ほとんど持ち物はない。司祭になるときに清貧の誓いを立て、アーネストはそれを実直に守っている。あるのは、本当に大切なものだけ。祈禱書《きとうしょ》とロザリオ、それからコーディリアの写真の入った銀の写真立て。

アーネストは写真立てを手に取ると、ふうっと思わしげなため息をつく。

「ディリィ……僕だってお前のことが……」

アーネストは一夜の甘い経験を思い出すと、胸がきゅうっと疼いた。まだ花の蕾のようにあどけない妹だとばかり思っていたのに、あの晩、コーディリアは間違いなく自分に恋をしていた。自惚《うぬぼ》れじゃない。自分だって同じ気持ちだったから、以心伝心でわかるのだ。

あのひと夜を思い出すだけで、胸の奥がジリジリと焦がれるようだ。

今でもすべてを奪い去ってしまいたいような、狂おしい恋情で焼かれてしまいそうになる。

だが、肉親の愛を越えてしまえば、それは許されざる背徳だ。憎んでいる両親と同じ罪を犯すことになる。それに、コーディリアは出生の秘密を何も知らない。このまま、何も知らず、ごく普通に成長して、大人になって、好きな男ができて結婚して、子供を産んで、いつか歳を取って穏やかに天国へ召されるのだ。

兄としてそうしてやることが責任であり、真実の愛であると思っている。

アーネストは写真の中で無邪気に微笑んでいるコーディリアを、切なげにじっと見つめていた。


今朝の寝目覚めはすっきりとしていなかった。

「……今、何時?」

コーディリアは眠たい目を擦りながら、サイドテーブルの置き時計を摑んだ。

「うっ、嘘!」

長針は無情にも七時をとうに回っていた。

コーディリアはがばっと跳ね起きると、最低限の身支度をささっと整える。勢いよく中央階段の手すりを滑りながら玄関ホールに駆け下りた。すると、同じように朝寝坊したアーネストと鉢合《はちあ》わせになった。

「お兄様、おはようございます！　ごめんなさい。今朝のご飯自分でなんとかして！」

「うん、それは構わないけど。どうしたの？　寝坊かい？」

「そうなの！　もう出ないと遅刻よ」

朝ご飯を食べるのは諦めるしかない。昼までもつかなと思うと、ひもじさに切ない気分になる。だが、遅刻をするようなできの悪い妹では、司祭の兄に恥をかかせてしまう。なんとか、授業に間に合うようにしなければならない。

「夜更かしでもしていたのかい？　ダメだよ、睡眠は健康の基本だからね」

お説教しつつもアーネストも眠たそうに、ふわわとあくびなんてしている。

「そういう、お兄様だって……お仕事のしすぎじゃないの？」

睡眠時間を削ってまで信者の悩みごとの相談に乗ってしまう真面目な兄だから、コーディリアはいつも心配だった。

「僕は大丈夫、昨夜もぐっすり眠ったよ。でも……ちょっと、寝目覚めが悪かったな。悪い夢を見ていたみたいで、朝からなんだか疲れたよ……」

ふうとため息をつくアーネストは確かに顔色が冴《さ》えなかった。夢と聞いて、昨夜の奇妙で淫らな夢を思い出した。ぼっと、コーディリアの顔が林檎のように火照ってしまう。

「どうしたの？　熱でもあるのかい？」

熱を測ろうとアーネストはおでこをくっつけてくる。兄の端整な顔が間近に迫ると、コーディリアはあわわとうろたえた。胸はドキドキと早鐘のように高鳴って、ぴょんと、うさぎのような不自然な跳躍を見せてしまった。

「だっ、大丈夫！　私は元気よ」

「そう？　ならいいけど……」

アーネストは不可解そうに、じっとコーディリアの顔を覗き込んでいる。コーディリアは恥ずかしげに視線を逸らしながら、懸命にこの状況を繕おうとした。

「ねえ、お兄様……以前、夢を見せる悪魔のことで相談に来た人がいたわよね？　悪い夢って、本当に悪魔の仕業なの？」

「ああ？　夢魔とか、淫魔のこと？」

今でも肌に残る生々しい感触、身を苛む甘い疼き。それは、悪魔の見せた夢なのだろうか？

「必ずしもそうとは言えないよ。あの相談に来た人も、よくよく話を聞いて精神病院の方を勧めたからね。夢は、まあ過去の記憶の寄せ集めであるとか、抑圧された願望の現れだとか色々な学説があるけれど……コーディリアは何か気になることでもあるのかい？　詳しく話を聞こうか？」

　気遣わしげな兄の態度に、コーディリアは慌てて首を横に振った。

「ううん！　なんでもないの。ちょっと、聞いてみただけ。じゃあ、行ってきます！」

　コーディリアは残り物のパンをバスケットに詰め込み、石盤を抱えると一目散に玄関から駆け出した。

　ウィトリンから学校までの道のりは暗い森になるから、懇意にしている農家のおやじさんがこの近辺の配達ついでにコーディリアを荷馬車に乗せてくれるのだ。急いでもらえば、きっとまだ間に合うはずだ。

（あの変なうさちゃんも、夢に関係あるのかもしれないけれど……）

　だが、それが原因で淫らな夢を見ているとしたら、兄に夢の内容を一部始終話さなくてはいけなくなる。今朝も兄は誠実な神父様そのもので眩しいくらいだった。それなのに、あんな淫らな夢を見たことが知れたら、きっと軽蔑されるに決まっている。コーディリアは次によっぽどおかしなことがあるまで、当分はこのことを秘密にしておこうと決めた。

　城館から跳ね橋まで玉砂利の小道を一気に駆け抜けると、見慣れない赤い僧服の男がじっと古城を見上げている場面に遭遇した。

「こんにちは。お嬢さん」

その僧服の男は痩身《そうしん》で背が高く、青白い肌をしていた。整った顔立ちは美形と呼べなくもないが、薄情そうな青ざめた唇と、銀縁眼鏡《めがね》の奥に光る鋭い眼光が人間的な魅力を大いに下げている。喩《たと》えるのなら、冷酷な官吏《かんり》といった体《てい》の男である。

「こっ、こんにちは……」

躊躇いがちに挨拶をすれば、男はコーディリアを値踏みするように一瞥《いちべつ》した。誰だか知らないがこの男は不穏なものを感じさせる何かがあった。一目会っただけでこんなに嫌な感じのする男も珍しい。こんな不便なところまでわざわざ訪ねてくるとは、アーネストに祓魔の依頼でもあるのだろうか？　いつもなら、親切に案内するところだが、今のコーディリアにその余裕はなかった。

橋の向こうで気のいい農家のおやじさんが、早くするようにとコーディリアを急《せ》かしている。

「これから学校なんです。どうも失礼いたします」

コーディリアは若干の嫌な予感を残しながらも、くるりと背を向けて走り出した。

四章　妬心

夏は四季の中でも、もっとも庭の美しい季節である。

ウィトリン・ホールの庭のブラックベリーやラズベリーの繁みも鈴なりに実が生《な》って、収穫が追いつかないくらいだ。城館のあちこちの生け垣を覆うつる薔薇も、可愛らしい花を咲かせている。

「いい枝振りだ、棘を取ったらお前の部屋に届けてあげるね」

アーネスト自慢の剪定《せんてい》ばさみがパチンと小気味のよい音を立て、緑の枝ごとオールド・ローズが切り落とされる。

その日、アーネストは朝から庭仕事に明け暮れていた。

ここには幽霊の庭師もたくさんいるが、アーネストはこの件に関しては彼らに譲ろうとしなかった。ラテン語の植物カタログを手にしては、時間ができると造園計画を楽しそうに考えている。丹精込めて世話をした草花が美しく開花する光景に心を癒されるのだという。そのために伴う労力も苦労もお楽しみの一つというくらい、アーネストは自然と庭が好きなのだ。

「わあ、綺麗ね」

アーネストが手折《たお》った枝は控えめな白い花を咲かせており、清楚《せいそ》な甘い香りがほのかに漂っていた。その、可憐《かれん》な花をしげしげと眺めていると、あの晩、この薔薇が自分の匂いのようだと言われたことをふと思い出した。嬉しくもあり、ちょっと気恥ずかしくもある。

「お前も早起きをすればいいのに。薔薇は朝の方がいい香りがするんだよ」

「そうね、頑張ってみるわ」

すっかり夜型が染みついてしまったコーディリアだったが、花の甘い香りがする美しい庭園を兄と二人で散歩するなんて、なかなか魅力的な提案に思えた。

「それに、美味しい思いもできるんだ」

アーネストは夏野菜が入った収穫かごをコーディリアの目の前に差し出した。

「お前は花より、食べ物で釣らないといけない子だからね。朝に取れた野菜の味は格別だよ」

アーネストの瞳がいたずらっぽく光る。そんなことない、とコーディリアはムキになって反論しようとするが、そこへ女の子の高い声が割り込んできた。

「コーディリア！　羊飼いのパイを焼くんでしょ？　おすそわけのハーブをたくさん持ってきたのよ」

レシピを教えてもらう約束をしていたメアリーが、大きなバスケットを揺らしてこちらへ駆け寄ってくる。なんて間が悪いんだろうと、コーディリアはがっくりと項垂《うなだ》れた。

「ほらね」

アーネストはなんでもお見通しと言わんばかりの澄ました顔をしていた。

コーディリアはキッチンの貯蔵庫にしまってあった、はちみつとベリージャムの瓶をしげしげと眺める。大きな瓶から取り分けているので正確な量は不明だが、明らかに少なくなっている。

「うーん。やっぱり減っているような気がする……」

アーネストに聞いてみればいいのだが、なんだかその話題に触れるのが躊躇われた。首を傾げながら、昨夜の残り物のローストビーフを戸棚から取り出した。これをひき肉器にかけるのだ。

「でも、調味料って意外と減るのが早いわよ。毎日、使うものだし……」

手伝いに来てくれたはずのメアリーは手元がお留守になって、視線はレースのカーテン越しの庭にばかりに注がれている。そこでは、アーネストがまだ庭仕事をしていた。

「さっきから、どうしたの？」

「あっ？　ごめんなさい……まさか、神父様がいらっしゃるなんて思わなかったから……」

メアリーは思い詰めた顔をして、黙り込んでしまう。

「今日はお休みにしたんですって。面会のお客さまも、差し迫った行事もないから。お兄様がいてはいけなかった?」

「できればお会いしたくなかったのだけれど……」

聞こえないくらい小さなため息を吐き出す。だが、メアリーは意を決したように、椅子から立ち上がった。

「あの、コーディリア。私、神父様とお話をしてきてもいいかしら? たまねぎとパセリは刻んだし、あとはお母さんのレシピ通りにして、オーブンで焼くだけだから」

「うん……でも、どんな話?」

「告解がしたいの」

「典礼の時ではいけない? お兄様は、教会以外の場所ではあまり告解は受けないようにしているのだけれど……」

告解は罪を告白して神様の許しを願おうという真面目な信仰儀礼である。だが、洗礼も受けていないような女の子たちがアーネスト目当てに遊び半分で押しかけてくるので、教会の告解室のみで受けつけるという方針にしたのだった。メアリーはちゃんと洗礼も受けているし、両親も真面目な信徒だ。その点では信頼しているのだが、コーディリアの胸は妙に騒いだ。

「告解したことを、誰にも知られたくないの」

「うん……わかったわ……」

とても思い詰めた友だちの面持ちに、コーディリアはそれ以上何も言えなくなってしまった。

友だちの悩みを勝手に聞くのはとてもいけないことなのだが、コーディリアはついメアリーの後をつけてしまった。メアリーは中庭で草むしりをしていたアーネストと何やら話し込んでいる。コーディリアはブルーベリーの繁みに隠れて二人の様子をじっと窺った。

「改心を呼びかけておられる神の声に心を開いてください。では、メアリー。神の慈しみを信頼してあなたの罪を告白してください」

職務ということで、アーネストは平素に接するよりは、司祭らしく姿勢を正していた。凛とした声でメアリーに宣言する。

「はい、神父様。私はとても醜い心を持っているのです……姉として慈しまなくてはならない妹のドロシーに心ならずも冷たい仕打ちをしてしまうのです……」

メアリーは手を組んで祈りを捧げながら、いつもより上ずった声で懺悔《ざんげ》した。アーネストは、メアリーを落ち着かせるように、やさしい声色で問いかける。

「貴女方はとても仲のよい姉妹なのに。でも、そうやって罪を悔いて、神様の赦《ゆる》しを請いたいという気持ちがあれば、大丈夫ですよ。きっと、これからはいつものようにドロシーにもやさしくできるはずです。さあ、一緒に神様にお祈りを捧げましょう」

メアリーは涙に濡れた、腫《は》れぼったい目でアーネストを見上げた。

「私……神父様が、眠っているドロシーをお連れになるのを見てしまったのです……」

「なっ！」

アーネストはさっと顔色を失い、絶句する。

「最初は……夢だと思いました……でも、姉が私たちを残して先に帰ったあの日も、不自然な眠気がして……微睡《まどろ》む意識の中で、神父様が妹をお連れになるのを確かに見たのです……」

緊張のあまり、コーディリアの心臓がどくんと跳ねた。

「二回とも、妹の首筋には紅く鬱血した……噛んだような口づけの痕がありました……」

メアリーに吸血鬼と気がつかれた？　コーディリアの頭の中は一瞬真っ白になり、小さな胸は早鐘のように高鳴っていた。

「年端のいかないあの子がひどい仕打ちを受けたというのに、それを姉として哀《あわ》れに思うどころか、首筋の痕を刻んだのが神父様だと思えば、あの子が羨《うらや》ましくて、妬《ねた》ましくて……気が変になりそうでした……この気持ちが苦しくて……」

メアリーはあの痕をつけたのを、アーネストと勘違いしているようだった。メアリーは震える唇で己の罪を吐露すると、アーネストとの距離をじりじりと詰めようとする。

「メッ、メアリー？」

アーネストは冷や汗をかきながら、後方に一歩、後退《あとずさ》った。

「神父様は、幼い少女しか愛せないのですか？　私ではいけませんか？　一目お会いした日から、ずっと、神父様をお慕いしておりました……！」

予想外の告白に、アーネストは目を剝いて吃驚《きっきょう》していた。コーディリアも思いがけない展開に息を呑む。

「メアリー、君は何かとんでもない思い違いを……」

アーネストは咽喉を上下に鳴らした。動揺のあまり声がひどく掠れている。

「妹のことは誰にも決して話しません。お願いです、妹同様、私にも情けをかけてください……」

ある意味、脅迫とも取れるようなすごみのある誘惑だった。アーネストはただ言葉もなく、うろたえるばかりである。メアリーは切なげに顔を歪めた。

「愛しているのです！　寝ても、覚めても、神父様のことばかりを考えてしまうんです！　一時の、慰みものだって構わないですから……」

メアリーは捨て身の攻撃とばかりにアーネストの胸に追いすがる。十六の少女にしては肉感的すぎる大きな胸を押しつけて、ほの暗い情念をたぎらせてアーネストにしなだれかかった。友だちのはずの彼女がまるで見知らぬ大人の女のように見える。コーディリアは一瞬、きゅっと胸が詰まり、次に激しい憤りを感じた。妬心《としん》に胸が焼け焦げそうだった。

「……メアリー」

アーネストは放心したような顔をして、低いくぐもった声で呟いた。そっと、兄の白い手が恐る恐る手が伸ばされて、メアリーの女らしい腰を抱き寄せようとする。

(なんで？　どうして？)

怒るのでもなく、諭《さと》すでもない。兄の思いがけない行動に、コーディリア頭を殴られたようなショックを受けた。目の前が真っ暗になる。

「嫌っ！　二人とも離れて！」

コーディリアは隠れていたことさえ忘れて、藪《やぶ》の中からわっと大声で叫んだ。頭に葉っぱをつけながら藪から這い出ると、涙ながらに二人の間に割って入った。

「何をやっているの、二人とも！　不潔よ！　いやらしいわ！　メアリーは、もう帰って！　もう、嫌い、嫌い！　大嫌いだわ！」

小さな身体をブルブルと震わせて激昂するコーディリアに、メアリーは顔面蒼白《そうはく》となった。

「ごめんなさい……こんなことを言うつもりじゃ、なかったのに……どうして……？」

メアリーは紫色になった唇を震わせると、くるりと背を向けた。そして、スカートの裾を引き、逃げるように走り去ってしまった。

メアリーがいなくなると、コーディリアはきっとアーネストを睨みつける。

「お兄様、ひどいわ！　メアリーをどうするつもりだったの！」

兄の裏切りに胸が潰れそうだった。

「僕は……何を？」

アーネストは信じられないといった面持ちで、自ら伸ばした手のひらをじっと凝視していた。

「とぼけないで！　お兄様は、メアリーが好きなの？　だから、あんなふうに誘惑されて、その気になってしまったの？　ずっと、神様にお仕えするって言っていたのに！」

黙って項垂れる兄の胸を緩く叩きながら、コーディリアはなじることをやめられない。受けた衝撃に気が動転して、頭にかっと血が上る。だんだん自分が何を言っているのかさえわからなくなっていた。

「私だってお兄様が好きだわ！　メアリーよりもずっと、ずっとよ！　私だって、お兄様のためならなんでもできるんだから！」

いつのまにか、抑えていた恋情が、堰《せき》を切ったように溢れ出す。

「コッ、コーディリア……」

アーネストはひどく苦しげに眉根を寄せていた。メアリーを抱き寄せようとしたのに、自分には指一つ触れようとしない。そんな兄の態度にコーディリアは一層、胸を締めつけられる。

「ただの妹じゃなくて、お兄様のことを愛しているの……」

「よしなさい！」

アーネストは余裕のない表情で、コーディリアを叱りつけた。いつものやさしい、穏やかな兄は消え去り、男らしい威圧感のようなものを感じて、どこか怖かった。冷たく感じられる兄の態度に、コーディリアは身がすくんでしまう。拒絶の悲しさに、涙が溢れ出した。

「私、あの夜のお兄様を忘れられない……」

咽喉から絞り出すような小さな声で、切なげに呟いた。なんの言葉もかけてくれない兄の態度に恐怖さえ感じながら、コーディリアはただ、不安げに腕を抱いて小さく震えていた。長い沈黙の後に、不意に頭上にアーネストの近づく気配がする。

「お兄様……？」

コーディリアは不思議そうに、顔を上げた。同じ翡翠色の目と目が強く絡み合った瞬間、荒々しく華奢な肩を摑まれた。

「きゃっ！」

そのまま、広い胸に強く抱き留められ、薄い背中に腕が回された。兄の腕の中に閉じ込められていることが信じられなくて、コーディリアは驚きに目を見開く。アーネストは、抱きすくめられて身動きのできなくなったコーディリアの細い顎を持ち上げると、強引に唇を押しつけてきた。

「……んうっ！」

熱い舌でうすい舌をからめとられて、息ができないほど激しく口を吸われる。唾液で濡れた舌と舌を擦り合わせると脳髄まで溶け出してしまうかと思うほど気持ちがよかった。コーディリアは感じる場所を舐められるたびに細い肩をびくびくと震わせた。

「はあっ……ふっ……」

息継ぎもさせてもらえないまま、アーネストの舌はどんどん奥へと伸びてゆく。まるで、神経の細部にまで、兄の吐息が染み込んでいくかのようだった。魂ごと攫われるような情熱的なキスに膝がわななき、全身の力が抜けてゆく。深い口づけがこんなに、心を激しく揺さぶり、淫らに身体を苛むものだとは知らなかった。

「ンうっ……ふうっ……」

あまりの激しい口づけにコーディリアは唾液を口の端から零しそうになるが、アーネストがそれを舌で掬い上げて飲み込んでしまう。アーネストの咽喉がごくりと美味しそうに上下に動くと、それはまるで、血を欲して気が狂いそうな時に咽喉に流れた一滴の血を思い起こさせた。

兄のすべてを奪おうとするかのような激情が唇越しに伝わり、コーディリアの身に燻っていた恋の炎を燃え上がらせる。

（でも、なんで……？）

やわらかな唇と、力強い腕の甘やかな拘束に酔いしれながらも、なぜ、兄がこんな行動を取るのか不可解だった。さっきまで、メアリーが好きだったのではないのか？　自分の愛を拒んだのではなかったのか？　なんで？　どうして？　頭がひどく混乱する。

ふいに、アーネストはコーディリアの唇を解放した。ぼおっと夢見るような瞳で兄を見上げると、その視線の先にある人物がいることに気がついた。

「やれやれ、騒がしい声がすると思って来てみれば……兄妹喧嘩かと思えば、痴話喧嘩だったのか？」

低い深みのある声がして、コーディリアはその場に凍りついた。ヴァレンタインが木にもたれかかりながら腕を組み、余裕綽《しやくしやく》々な笑みを浮かべてこちらを見ているではないか。相も変わらず足音のない猫のように忍び寄ってくる。もっとも、外見は猫というよりは黒豹《くろひよう》のようであったが。

「まさか、自らあの方法を試すとは思わなかったぞ。アーネスト、君は恐ろしい男だな？」

ヴァレンタインはうすら笑いを浮かべると、コーディリアにじっと不躾《ぶしつけ》な視線を注いでいた。頭のてっぺんから、爪先までじろじろと眺められると、あの晩の出来事のすべてを見透かされているようで、ひどく気恥かしかった。

「妹をこんなふうにしてしまうなんて、まったく、ひどい兄さんだ」

罪を暴かれ、端整なアーネストから表情の一切が消える。ぞっとするほど冷えた眼差しで、この不作法な侵入者を静かに見据えていた。

「出ていったんじゃあなかったのですか？」

「この城は奇妙な場所だな。正統な伝統を感じさせるのに、森や礼拝堂は異教の匂いがプンプンしている。俺は森に野営して、観察を続けていたんだ」

アーネストはゆっくりとコーディリアを抱きかかえていた腕を解いた。コーディリアはまだ離れがたかったが、ヴァレンタインの手前、アーネストに隠れるように一歩、後へ身を引く。だが、身体の芯には、兄に奪われたいという、炎のような熱が今も燻っていた。

ヴァレンタインはアーネストの冷たい刺すような視線にもまったく動じない。相も変わらず、飄々とした余裕の態度だった。

「そう、邪険にしなさんな。わざわざ、警告を与えるために戻ってきてやったんだぞ」

「警告？」

アーネストは怪訝《けげん》そうに、形のよい柳眉《りゅうび》を歪ませた。

「そう、アーネスト。君は今、悪魔に憑かれている」

コーディリアはひゃっと息を呑んで、恐る恐る兄の顔を見上げた。

「悪魔ですって？　そんな馬鹿な？」

一瞬、見せる、侮蔑の嘲笑《ちょうしょう》。

（違う……お兄様はこんな顔をする人じゃないのに……）

ちらりと垣間見《かいまみ》た兄の変貌に、背筋に冷たいものを感じた。

二人が黙って睨み合う中、これから何が起きるのだろうかとコーディリアがはらはら気を揉んでいた。だが、ヴァレンタインはフッとうすら笑いをうかべると、あっさりと身を引いた。

「君たちこれから夕飯だろう？　ご一緒させてもらってもいいか？」

気の抜けるほど明るい顔をして、ぬけぬけと食事をねだろうとする。

「あーっ！　晩ご飯のパイが！」

コーディリアは放置されたオーブンの存在を思い出し、真っ青になった。スカートの裾を持ち上げフランネルのエプロンをひらひらさせながら、脱兎《だっと》の如《ごと》く、一目散にキッチンに駆け戻る。

その背後で、兄のたしなめるような声と、ヴァレンタインが大笑いをしているのが聞こえていた。


羊飼いのパイは残念ながら手遅れであった。だが、落ち込んでもしょうがないので、つけ合わせのにんじんのグラッセと、マッシュポテトにディルを添える。あとはサーディンの缶詰などを開けて、なんとか客人を迎えるディナーの体裁を整える。だが、ヴァレンタインは何を出されてても、味なんてどうでもよさそうに平らげてしまう。アーネストは食欲がないのか、何も口にしないで、ちびちびと水ばかり飲んでいた。二人とも食事よりも、会話に夢中なのだろう。

「そいつは、俺に長年憑いていた悪魔なんだ。最近、気配を感じないと思って探しに来てみたら、案の定、君に取り憑いていたといわけだ」

「どんな悪魔なんですか？」

ヴァレンタインの施した聖水の効果があったのか、アーネストは若干、落ち着きを取り戻していた。

「淫蕩で、色欲が強い。恋の気配にとても敏感だ」

アーネストは何かぴんと閃いたようだった。

「まさか……最初から、僕を罠《わな》にはめる気だったのですか？　貴方の悪魔を乗り移らせるために、あんなことを提案したのでは……？」

アーネストは疑わしげに、ヴァレンタインを横目で睨む。

「……そうだな、今にして思えば、あれは奴が俺から君に乗り換えるために言わせた、まさに悪魔じみた提案だったに違いない。すっかり堕落しきった破戒僧よりも、葛藤《かっとう》に身悶える若い僧の方が住みつく環境としては好ましいのだろう」

「もっと、詳しく教えてください」

「この悪魔は、俺が祓魔の処置にしくじって、偶然生み出してしまった新種なんだ。とある尼僧《にそう》の抑圧された願望、許されない悲恋と強い色欲が悪魔となって現れたもの。この悪魔が好むのは、やはり同じような精神構造を持つ聖職者だ。ただ簡単に色欲を満たせればいいという単純なものではない、葛藤し苦しむこともこの悪魔には快感なのだ。苦行者が苦しみの果てに忘我の境地に達し、神の幻影を見るようにな」

はーっと、アーネストは深い溜め息をつく。

「医師の不養生。祓魔師が悪魔憑きとは……まあ、こんなものはすぐに祓ってやりますよ」

「ところが、そうはいかん。残念ながら、その悪魔は祓えんのだ」

ヴァレンタインの言葉に、アーネストは固まっていた。

「それは、いつもの冗談ですよね？」

「俺はこの十年というもの対処法を探して各地をさまよった。旅の途中で、君の師匠のもとを訪ねたのだが、結局、高名な師でも祓うことはできなかった」

「そんな！」

師匠であるエンデルス神父にさえ祓えなかったものは、アーネストの手にも負えないだろう。アーネストは初めて、恐怖に顔を引き攣らせていた。

「そう、恐れることはない。上手くつき合ってゆけばいいだけの話だ」

「そんな、簡単に言わないでください！　元はといえば、貴方が罠にはめたんですよ！　どうして、そんなに無責任なことばかり言えるんですか！」

　アーネストはひどく気が刺々《とげとげ》しくなっているようだったが、ヴァレンタインは少しも動じない。

「だが、君に悪魔を招き寄せる下地がまったくなかったというわけではないだろう」

　いつもの飄々とした態度と打って変わって、すべてをわかっていると言いたげな冷徹な物言いだった。アーネストはぐうの音もなく、がっくりと項垂れている。

「君くらいの力があれば、意識がしっかりしている時はさほど影響も出ないだろう。それに、精神修行である程度コントロールも可能だ。やっかいなのは、無意識のときと、自制心を失っているときだ。俺も最初の頃は、夢遊病者のように夜間ふらふらして、朝目覚めたら、隣に知らない女が寝ていたということがしょっちゅうあったからな」

　あっと、コーディリアは驚きの声を上げた。

「じゃあ、あれは夢じゃなかったんだ……」

　あわわと慌てふためきながら、ぼっと火がついたように頬が紅くなる。アーネストもあっと呻くと、うっすらと頬を染めた。後ろめたそうにコーディリアから視線を逸らしている。

「君たち一体、何をした？」

　ヴァレンタインはからかうような口調で尋ねたが、よく似た兄妹は貝のように口をつぐんだ。アーネストは気まずさを誤魔化《ごまか》すように話題を変えようとした。

「さっきのあれは、悪魔の影響なのでしょうか？　自然に手が動いてしまって……それに、メアリーの態度もおかしかった。あんなことを言うような娘ではないのに……」

アーネストは未《いま》だ信じられないと、自らの手のひらを凝視していた。

「心にもないことは、さすがの悪魔でも言わせることはできない。あの娘の情念がよほど強かったとも考えられるが、悪魔も別の意図があって君の手を動かしたのかもしれない。元々が女だけあって、気を引くための小細工をすることもあるからな」

ヴァレンタインは意味深な目をして、コーディリアをちらりと横目で見やる。

「誰かさんに焼きもちを妬《や》かせたくてとかな」

コーディリアはきょとんとしていたが、アーネストは気まずそうに咳払《せきばら》いをした。

「あんなおとなしそうな娘にあそこまで言わせたり、実の妹に愛の告白をさせたり。君も罪な男だ」

ヴァレンタインがフフンとせせら笑うと、アーネストはとても迷惑そうな顔をしていた。

メアリーが、あんな破廉恥なことを言ったのは悪魔の影響なのだろうが、それほどまでに兄に恋い焦がれる本心を知って、コーディリアは胸が塞がる思いだった。一緒に机並べて勉強をして、お喋りをしながらお弁当を食べて。休みの日は買い物やピクニックへ行って、可愛いお揃いの小物を身につけた。初めてできた同じ年の大好きな友だち。でも今では彼女に複雑な思いを抱いている。次に会っても、きっと笑顔で挨拶はできないだろう。そんな、負の感情がたまらなく辛かった。

「この悪魔は他者にも影響があると？」

「ああ、君を恋い慕う者なら、君を見ているだけでおかしな気分になるだろうな」

アーネストも青ざめたが、コーディリアの方がもっと血の気が引いた。

「どっ、どうするの！　お兄様を好きな女の子なんてたくさんいるのよ！　みんな、おかしくなっちゃうわ！」

コーディリアは不安げに、アーネストの腕にしがみついた。

「ああ……女なんていないところへ行きたい……」

ひどく疲れ果てた顔をして、アーネストはぼそりと呟いた。

「在俗司祭を辞めて、修道院にでも行くか？　だが、そいつはとても色欲が強いから、男にも欲情するかもしれんぞ」

「人のいない、山に籠《こも》ります……」

「獣にだって欲情せんとは限らん」

「ならば、荒野へ！　聖アントニウスのように禁欲修業をします！」

「禁欲のしすぎで頭がおかしくなって、地面を犯した僧もいたな。まったく、おぞましい話だ」

ああっと、アーネストは頭を抱えて崩れ落ち、机に突っ伏した。

「お兄様、しっかりして！」

「じゃあ、一応警告は与えたからな。まあ、頑張れよ」

ヴァレンタインは軽くそう言い残すと、そのまま部屋を出ていってしまった。

祓魔師である兄がああなってしまった以上、頼れるのはヴァレンタインしかいない。彼を逃すまいと、コーディリアは玄関ホールに駆けつける。

「ねえ、待って！　どうして急に出ていくの？　もう少し、ゆっくりしてくれてもいいのに」

「異端審問官のカリエールがここへ来ただろう？　あいつは俺を追ってきたはずだ」

異端審問官。その役職は一般には知られていないが、コーディリアには聞き覚えがあった。

なんでも、信仰に違反した聖職者がいないか審査を行う怖い人。そのように聞き及んでいる。

先日、コーディリアと城館の前で擦れ違った、あの冷酷な目をした赤い僧服の男。きっと、あれが異端審問官だったのだ。

「ウィングフィールドさん、追われているの？」

「ああ、また、長い旅になりそうだ。これから、村に買い出しに行って、明日にはこの土地を発《た》とうと思っている」

すぐに出ていくわけでないようで、とりあえずほっとした。まだ、相談したいことも、聞きたいこともたくさんあるのだ。

「缶詰とお菓子なら貯蔵庫にたくさんあるわ」

コーディリアは強引にヴァレンタインの手を引くと、キッチンへ連れ込んだ。食糧庫の鍵を開けて、好きなものを選ばせる。

「ねえ、ウィングフィールドさん！」

「気軽にヴァルと呼んでくれ」

茶目っ気たっぷりにウインクをする。その馴《な》れ馴《な》れしさに少々、呆れながらも、コーディリアは素直にそれに従う。

「じゃあ、ヴァルさん。お願い！　お兄様のことを助けて！」

「できるならそうしてやりたいが、俺も十年来、格闘し続けてきた悪魔だ。上手くコントロールする方法はわかるが、完全に祓うのは無理だろう。ああ、そうだ、酒もあるか？」

ヴァレンタインはサーディンの缶詰やチーズ、それにコーディリアのおやつまで袋に詰めると、さらに酒を要求した。コーディリアは調理用の酒類と自作した果実酒などを、次々に差し出して、彼がどこかへ行ってしまわぬように気を配った。

「ヴァルさんはどうして追われているの？」

ヴァレンタインが試飲を希望したので、コーディリアはグラスを用意して、色々な形の瓶に入っているオレンジ、赤むらさき、緑色の液体を次々にグラスに注いでゆく。

「悪魔憑きの異端審問官なんて体裁が悪いだろう？」

一杯ひっかけながら、ヴァレンタインはちょっと愁いを帯びた目をしていた。大人は自身の想いを気軽に語ったりしないものだ。だが、きっと差し迫った事情があったに違いない。

コーディリアは神妙な顔をして、じっとヴァレンタインを見つめていた。

「悪魔に取り憑かれたまま逃げまわっているなんて、辛くない？」

ヴァレンタインは、ブルーベリー酒の注がれたグラスを呷《あお》った。

「ああ、あれには、ずいぶん苦しめられた。聖職者としての社会的地位も、何もかも……すべてを失ったし、今でもこうしてお尋ね者の身の上だ。だが、気ままな暮らしもそう悪くはないぞ」

ふう、とため息をついて、オレンジ酒にも手を伸ばす。

「……私たち、これからどうすればいいの？」

コーディリアは祈るように手を組んで、ヴァレンタインを見上げる。

「兄さんを救いたかったら、強くなるんだ。そして、賢くな」

「私、お兄様のように、強くないわ……」

コーディリアは自信なさげにうつむいた。これまでずっと、強く賢い兄に庇護《ひご》されてきたのだ。非力で愚かな自分に何ができるのだろうと、怖気づいてしまう。

「そうか？　俺は、女はいざとなれば男よりも強いものだと思っているぞ」

「それに、お兄様はいつも本を読んでいて物知りで賢いけれど、私は本も読まないし、狡《ずる》賢《がしこ》い悪魔と渡り合うなんて、とてもできそうにもないの……」

コーディリアは不安げに、ぎゅっ身を縮こませた。とても難しい課題を突きつけられたように感じて途方に暮れてしまう。

「君は兄さんを強い男だと思うか？」

「ええ」

これまで、自分を大きな翼で包み込んで、どんな困難からも守ってくれた。時々、生身の人間であることを忘れてしまうくらい、いつでもコーディリアは兄を頼りにして、仰ぎ見てきた。

「確かに強い。我慢強いというべきか。だが、だいぶ無理をしているようだな」

ヴァレンタインは緑色のグラスぐいと呷ると、突然、むせ返った。

「ゲホ、ゴホッ、なんだこれは！　酒じゃないぞ！」

「あっ、ごめんなさい！　これ、咳止めのお薬だったわ！」

コーディリアは慌ててグラスに水を汲《く》むと、それをむせるヴァレンタインに差し出した。謝りながら逞しい筋肉で覆われた背中を必死で摩《さす》った。何度も謝るコーディリアに、ヴァレンタインは、笑い袋にでもなったかのように爆笑して、腹を抱えていた。

「兄さんは君といると、とても楽しいのだろうな」

そう言いながら、びっくりするくらいやさしい瞳で微笑んだ。確固とした言葉、慈愛の瞳。外見はとても聖職者には見えないけれど、やはり、この人は兄と同じ種類の人。今でも神様に仕える人なのだとコーディリアは確信する。

「あの、悪魔は自我が弱くなっている時や、葛藤に悩んでいる時に影響が出やすいんだ」

「葛藤？」

「ああ、頭ではこうしなきゃいけないと思っているのに、本心では別のことを考えている時だ。対極にある考えを行ったり来たりして、それにくたびれ果てた、一瞬の心の隙につけ込んでくる。だから、兄さんを救いたかったら、心をしっかり持て」

するとヴァレンタインはポケットからロザリオを取り出すと、代わりにコーディリアの首へ下げてくれた。

「これは？」

コーディリアは驚きながら胸元に手を当てた。鎖につけられた大きな十連の珠《たま》はつるつるとしていて手触りがよい、本物の真珠《しんじゅ》だった。本体の十字の部分も金のようなずっしりとした重みがある。

「これをあげよう。お守りだ」

「えっ！　でも、これはとっても大事なものなんじゃないかしら？　それに、とても高価なものみたい……」

「飯を食わせてもらった礼と、君のおやつをもらった礼。にしては、ちょっと弾みすぎか？」

「そんな！　お客様には親切にしなきゃいけないのだから……」

コーディリアが恐縮してロザリオの留め金を外そうとすると、大きな骨太な手がそれを止める。不意に、さっと細い肩を掴まれ、壁に身体を押しつけられた。

「えっ？」

長身な兄よりもさらに上背があって、体軀《たいく》もよい男が頭上から悠然と自分を見据えている。まるで自分が小さなねずみにでもなったような気分だった。コーディリアが身構える前に、ヴァレンタインの男らしい精悍な顔が近づいて、肉感的な唇が素早くコーディリアの唇に軽く触れた。

「なっ、なっ、な！」

すぐに身体は解放されたが、動揺のあまり、次の句が出なかった。もしコーディリアが恋人同士の本当の口づけを知らなければ、乙女の純潔を踏みにじられたとさめざめと泣いてもいいのだろうが、これは完全にからかわれているとわかる。子供扱いである。

「超過料金分は、今ので帳消しだな。だから、これは君が持っていろ。悪魔と対決するなら助けになるかもしれん」

そう言って、ニンマリと口の端を上げ、いたずらな笑みを浮かべている。

「もう……」

これ以上、逆らうと何をされるかわからない。確かに霊験あらたかな聖具を持っていられるのなら心強いことだ。

「心配してくれて、ありがとう……じゃあ、お借りしますね」

気ままな野良猫のような、自由な風のような、そんな人だから次はいつ会えるのかわからないけれど、そういうことにしておけばコーディリアも気が楽だった。

「君たちもカリエールには気をつけろ。奴は罪を暴いて罰することに異常な執念を燃やす男だ。兄さんが犯した罪など奴が舌なめずりをして喜びそうだ」

あの冷酷な瞳、粘着質な声の男を思い出して、コーディリアはぞくっと身をすくませた。

「見つかるとどうなってしまうの？」

「煉獄《れんごく》という更生施設に送られる。表向きは聖職者の改心を目的としているが、実態はスペインの宗教裁判か、魔女狩りといったところか。君の兄さんはあの通りの美形だからな、行ったら死んだ方がましだというくらい弄ばれるぞ。地獄の窯《かま》に頭から突っ込むようなものだ」

「そんな……」

自分のせいで兄をそんな危険にさらしてしまったただなんて。コーディリアは恐怖のあまり、気が遠くなりそうだった。

「そんな顔するな。なんなら俺と一緒に行くか？　君は自由な心を持っているから、俺との暮らしも結構、気に入ると思うぞ」

いつのまにか、ヴァレンタインの腕がちゃっかり、コーディリアの肩を抱いていた。

「なっ！　行きませんからね！」

油断も隙もないと、コーディリアは大きな手を慌てて払い除けた。すると、ヴァレンタインは陽気な笑いを浮かべて出ていった。おそらく怖気づくコーディリアを、彼なりに励ましてくれたに違いない。

五章　闇からの誘惑

今日も一日が終わった。

コーディリアは寂しげな顔をして、寝台の上で膝を抱えると憂鬱に耽《ふけ》っていた。

『悪魔の影響がどう出るかわからないから。しばらくは離れていた方がいいだろう』

アーネストはあれ以来、城館にいるときはコーディリアと顔を合わせない。悪魔を鎮めるための瞑想をしている。夜は書斎に鍵をかけて閉じこもり、悪魔対策について調べているようだ。コーディリアの用意した夕食を、幽霊執事が書斎まで運んでいる。だから、コーディリアは、食事も一人、話し相手もいない。学校でもあれ以来、メアリーとぎくしゃくしてしまって、昼も一人で食べている。コーディリアは今とても孤独だった。

それに、授業中も兄が心配で、うわの空になってしまい勉強も手につかない。ミランダが悩みごとでもあるのかと、何かと気遣ってくれるのだが、まさか事情を打ち明けるわけにもいかず、ちょっと体調が悪くてとだけ伝えておいた。

「お兄様……普段は大丈夫なのかしら……」

悪魔の影響でメアリーに対して無意識に手が伸びてしまったのだ。そんなことを、もし相談を求める信者の女性にしてしまったら、兄は神父失格どころか犯罪者である。それに、アーネストに恋する女の子たちが強引に迫ってきたら？　メアリーだって、再び兄と会えばおかしくならないとも限らない。

「それとも、もう誰かと過ちを犯していたりして……」

益体《やくたい》もない妄想が次々に浮かぶたびに、コーディリアの胸はズキンと痛むのだった。

『ねえ、コーディリア。お兄様のことで悩んでいるんでしょう？　いいかげん、ここから出してちょうだい』

白いチェストがガタガタと揺れて、コーディリアはハッとした。すっかり、あのうさちゃんのことを忘れていた。コーディリアは寂しさも手伝って、とりあえずうさちゃんを出してやることにした。

『ねえ、ねえ、恋の悩みの相談に乗るわよ。ため息の理由はなに？　貴女のお兄様を誘惑した、あのメアリーっていう泥棒猫みたいな子のこと？』

「泥棒猫だなんて、ひどいことを言うのね」

そう言いつつも、『貴女のお兄様』というセリフに、コーディリアはちょっといい気分になった。それにメアリーを形容する言葉も妙にコーディリアの気持ちを代弁している。いつのまにか、コーディリアは陽気な幽霊の問いかけに、熱心に答えるようになってしまっていた。

「メアリーだけじゃないわ。お兄様は他の女の子にもとってても好かれているの。悪魔のせいでそんな女の子と過ちがあったらと思うと……お兄様だって正気に戻ったらきっとすごく後悔するわ」

『そうね。あなたのお兄様って真面目だから。責任を取って、神父を辞めて結婚するとか言っちゃうかもね』

コーディリアは瞳を大きく見開いて、顔面蒼白になった。

『うふっ！　面白い顔！』

うさちゃんはケラケラ笑い転げている。コーディリアはそんな可能性があることに愕然とした。

「そんなの嫌！　絶対にダメよ！　どうしましょう！」

コーディリアがオロオロとうろたえていると、うさちゃんはこともなげに言った。

『簡単よ、お兄様が女の子たちに手を出す気をなくさせればいいの。つまり、性欲をなくさせればいいってわけ』

「本当に？　そんなことができるの？」

コーディリアは藁《わら》にもすがる思いで、うさちゃんを抱き上げた。

『女はね、快楽に限界はないけれど、男って限界があるのよ。要は精液を全部吐き出させちゃえば終わりなの。次に溜まるまで時間がかかるから、その間は悪魔が変な気を起こさせようとしても、あんまりその気にならないんじゃないかしらね』

コーディリアは話に真剣に耳を傾けながら、はてと首を傾げた。

「どういうこと？」

『今更、何を純情ぶっているの？　あなたも、お兄様に抱かれたでしょう？　精を受けたでしょう？』

「うっ、うん……」

あの一夜のことを思い出して、コーディリアは目を伏せた。こんなにも兄に恋い焦がれるようになった今では、偽りの恋人の演技だったとしても、あの晩の兄との出来事はコーディリアには忘れられない大切な思い出である。

『あれを、ずっと搾り取っていればいいのよ』

「そっ、そんなことできないわ。あれは治療のためにしたことで、お兄様は忘れなさいって言ったもの」

本当は、兄の逞しい裸の胸にもう一度だけでもいいから抱かれたい。そんな、狂おしい恋の炎が、今でも悶々と燻ぶっていた。だが、兄は兄であり、なおかつ神に身を捧げた聖職者の身。司祭の兄に相応《ふさわ》しい、清らかな妹の心を持たなくてはならない。

『別に交尾はしなくてもいいんじゃないの？』

「こっ、こっ、交尾ですって？」

まるで犬猫のような扱いを受けて、コーディリアはショックで開いた口が塞がらない。ふらふらと、軽く眩暈がする。

『方法は色々あるわ。要は夜のうちにカラカラになるまで精液を吐き出させてしまえば、昼間誰かと会ったとしても比較的安全なんじゃないかしらね。で、その方法なんだけどね……』

可愛いぬいぐるみの外見に似合わず、あけすけで赤裸々なことを次々に口にする。その、性技の知識にコーディリアはびっくり仰天する。

「そんな……できるわけないわ……」

話を聞き終わるとコーディリアは耳まで真っ赤になって、蚊《か》の鳴くような声で気弱に項垂れた。

『だったら、お兄様は他の女の子に取られちゃうわよ！　それでも、いいの？』

「それは、ダメ！」

コーディリアは火のように激しく反発した。そんなことを考えるだけで、頭がおかしくなってしまいそうだった。

『お兄様だって、以前はあなたのために女の子を用意してくれていたじゃない？　今はお兄様が困っているのだから、あなたが助けてあげるのは全然、いけないことじゃないと思うのよ』

うさちゃんの言葉は心の闇に響いた。妖艶《ようえん》な声は耳に絡みついて、コーディリアの理性を危うくさせる。これは、淫らな振る舞いではなく人助けなんだと。

「……わかったわ。私、やってみる」

詭弁なのかもしれない。そう思いつつも、コーディリアはこの提案に抗えなかった。

ぎゅっと拳を握り締めて、寝台から立ち上がる。だが、すぐにはっとした。

「やっぱり、ダメ」

『いくじなしねぇ』

コーディリアはそうじゃないと、緩く首を横に振った。

「お兄様、書斎に鍵をかけて閉じこもっているの。簡易ベッドまで運び込んで」

深夜に夢遊病者のように徘徊《はいかい》して、あの奇妙なお茶会の二の舞を踏まぬようにという予防策だった。

『書斎でしょ？　召使い用の連絡通路を使っていけば？』

うさちゃんはなんでそんな考えも浮かばないの？　おバカさんね、といった口調だった。

「連絡通路？」

この城館に引っ越してきて三年近く経つが、そんな話は初耳だった。

『あら、そんなことも知らないの？　ご主人様と上級使用人、それ以下の召使いは住む世界が違っているの。だからね、高貴な人の目に触れぬよう、召使い専用の通路っていうものが城館には必ず存在しているものなのよ。しかも、この古城全体は落城した時の備えに、森やお堀に繋がる抜け道がいくつも隠されているのよ」

「あなた、いろいろ知っているのね？」

これまで、幽霊と一緒に暮らしてきたが、ここまでコーディリアに関心を持ち、自らコンタクトを取る存在は皆無だった。彼らはたいがい無気力で、生前に囚われていた思考を元に死後も単調な暮らしをしている。執事は幽霊執事となり、メイドは幽霊のメイドとして、生前となんら変わることなく同じ営みを続けている。だが、このうさちゃんに憑いている幽霊は、彼らとは明らかに違う。

「あなた、本当は何者なの？」

コーディリアは訝しげに問いかける。

『私はコーディリアのお友だちよ』

うさちゃんはビー玉をキラキラさせて妖しく微笑んだ。


うさちゃんに教わった通り、玄関ホールの階段下から秘密の通路が見つかった。

燭台《しょくだい》を片手に、しめった独特の臭《にお》いのする地下通路を歩く。暗闇に足元がふらついて壁に手をつくと、ぬるついた緑の苔に覆われた煉瓦《れんが》の感触に身の毛がよだつ。ナイトガウンの裾を持ち上げながらしめった通路を踏みしめると、足がどんどん冷たくなっていった。ピチャンと雨音が反響して、どうやら足場の下は外堀に繋がる水路になっているようだった。

(やだ……迷子になったみたい……)

書斎へ行く通路に出たかったのに、視野が暗くて見当違いのところに迷い込んでしまったようだ。じゅっと音を立てて蠟燭の芯が焼け落ちてしまうと、暗闇がコーディリアを包み込む。

すると、遠くに月光のような淡い明かりが瞬いていた。

「ひっ」

幽霊だろうか？　黄金の長い髪をなびかせた、中世の姫君の後ろ姿が横切る。女の幽霊は胸をかきむしられるような美声で何かを呟いた。コーディリアは恐怖で歯をがちがちとさせながらも、心の深いところで幽霊の声に強く惹かれていた。

――わたし、お兄様のもとへ行かなくちゃ……。

ああそうだと、コーディリアもコクリと頷いた。

「そうよ。私、お兄様のところに行かなくちゃいけないの……」

見えない糸に手繰り寄せられるように、コーディリアの足は勝手に動きだす。幽霊の後を歩いていると、しめった纏いつく空気から埃《ほこり》っぽい乾燥した空気に変わった。

ドアを押すとそこは四方を本棚に囲まれた書斎だった。

振り返ると中世の姫君の幽霊は消えていた。

ランプの消えた夜の書斎は仄暗かった。月明かりを頼りに、手探りで用心深く歩く。段々夜目が利くようになってくると、サイドテーブルの上の銀の燭台が鈍色《にびいろ》に光っているのが見えた。コーディリアは傍《そば》に置いてあったマッチを擦って明かりを灯す。

「きゃっ！」

燭台の明かりを掲げ目の前に現れた突飛な光景に、コーディリアは思わず悲鳴を上げそうになる。簡易ベッドに横たわるアーネストは手首を縛られて、ヘッドボードに括《くく》りつけられているではないか。

「お兄様！」

コーディリアはベッドに駆け寄り、慌てて縄を解こうとした。コーディリアの姿を認めると、アーネストは目をぱちくりと瞬かせていた。一瞬、寝ぼけていると錯覚したらしい。

「コーディリア、どうやってここへ？　来ちゃダメじゃないか！」

「泥棒が出たの？　ああ、どうしましょう！」

兄妹はお互いが違う思惑で、オロオロと戸惑っていた。

「落ち着いて、コーディリア。これは僕が命じてやらせたことだ。また、僕が眠っている間に、その、この前のようなことがあっては困るだろう……」

アーネストは後ろめたそうに視線を逸らした。

「だから、眠る時は僕自身を拘束するように、執事に命じてあるんだ」

「ああ、それで」

コーディリアはほっと胸を撫で下ろし、兄の臥《が》するベッドへ腰を下ろした。コーディリアの身体がちょっと近づいただけで、アーネストはひどく困惑しているようだった。

「泥棒じゃないってわかったんだから、もう安心して部屋へ帰りなさい」

アーネストはなだめすかすようなぎこちない笑顔を向けている。だが、コーディリアは決意を固くして首を横に振った。

「帰らないわ」

「コーディリア、一人で寂しくなっちゃったのはわかっているよ。でも、これはお前のためを思ってしていることなんだ」

やさしく諭そうとする兄の言葉を、コーディリアは頑なに拒否する。

「お兄様、ごめんなさい……でも、こうするしかないの」

コーディリアは躊躇《ちゅうちょ》しながらもアーネストの股間に手を伸ばした。子猫の頭でも撫でるように、生地の上から盛り上がる柔らかい肉をそっとやさしく撫で摩った。

「コーディリア！　なっ、何を！」

アーネストは我が目を疑うように双眼を見開き、目の前の出来事を信じられないといった面持ちで見ていた。何かを考えてしまえば手が止まってしまいそうなので、コーディリアは兄の叫び声を極力無視した。

「大丈夫……私がお兄様を苦しみから解放してあげるから……」

「やっ、やめるんだ！」

コーディリアは熱を孕む中心におずおずと触れる。パジャマの上からでも手触りで、兄の股間が膨らんでいるのがはっきりとわかった。コーディリアが半勃ちになった肉棒を強く撫で擦ると、アーネストは堪えきれずにぶるっと胴を震わせた。

「あっ……やっ、やめなさいって……」

日頃とは打って変わって、掠れたとても弱々しい声だった。

「精を吐き出さないと苦しいんでしょ？　私が全部、出してあげるから……そうしたら、他の女の子に変な気を起こさないで済むから……お願い、我慢して！」

最初、うさちゃんに男性器の愛撫の方法を聞いた時は、とてもそんなことはできないと思った。だが、硬度を増す兄の肉棒の感触に、コーディリアの胸は妖しく疼いてしまう。もっと、兄の欲望の中心に触れていたいという欲望が膨らんでゆく。

「こんなのはお前の考えじゃないよね？　こんなの……誰に聞いたの？　まさか、メアリーじゃないよね？」

「違うわ……知らない幽霊よ」

「なんてこった！　後で除霊してやる！」

アーネストは忌々《いまいま》しげに吐き捨てた。膨張した肉の昂ぶりは、下穿きの中で苦しそうになっていた。コーディリアはうす明かりに大胆になって、兄の下穿きをそっとずらしてみる。

するとV、濃いピンク色をした亀頭が露わになった。

「ごめんなさいっ！」

そのまま、一気に下穿きを引きずり下ろすと、屹立《きつりつ》した肉棒が勢いよく跳ね上がった。

「あっ」

アーネストは羞恥のあまり、目を伏せて項垂れる。あの晩はとても直視する勇気などなかった兄の雄そのものを、コーディリアはじっと凝視する。生々しい肌色の肉茎はすっと弓型にそそり勃ち、先端の張り出した肉は形がよく三角で尖っている。兄はこんなところまで美形なのだと、おかしなことをコーディリアは考えていた。勃ち上がったそれはコーディリアに見られているだけで、まるで蛇のように艶めかしく蠢いていた。

「うっ、動いた！」

「っ……」

羞恥に言葉を呑み込む兄にすまないと思いながらも、コーディリアは躊躇いがちに細い指を伸ばしていた。先端の肉を手のひらで捏ね回し、肉茎を握り締める。それはわずかに触れただけで、ドクンと脈動して硬度を増した。素で感じるその熱さ、硬さにコーディリアは言葉を失う。根元から肉茎をそっとしごき上げて、根元の袋をやさしく弄ると、アーネストは切なげにびくりと腰を跳ね上がらせた。

「あうっ！　やっ、やめるんだ！」

アーネストは目をまん丸くしながら、情けない声を漏らした。だが、口ではやめてといいながら、握りしめた昂ぶりは、コーディリアの愛撫を待ち望んでいるかのように熱く脈打っている。

「だっ、大丈夫だから……気持ちよくしてあげるだけだから……」

耳まで真っ赤にして抗おうとする兄の姿に、なんとも言えない優越感が込み上げる。もっと感じてもらいたいと、コーディリアは顔を股間に埋めようとした。

「ダメだよ！　こんなのは、まともな娘のすることじゃない！　娼婦《しょうふ》のすることだよ！」

妹のしようとしていることを悟って、アーネストは恐怖で顔を引き攣らせた。悲鳴のような声を上げ、必死に身を捩って抵抗しようとする。

「そんな女の人をここへ呼ぶわけにはいかないでしょう！」

兄の口から娼婦などという言葉を聞いて、コーディリアは息苦しい気分になった。男女のことも、性のこともよく知らないコーディリアだったが、兄がこうしたことに手馴れていると感じてはいた。コーディリアは自分の知らぬ兄の過去をあれこれ妄想しては、妬心に胸が締めつけられる。なんとか満足してもらおうと、無我夢中で亀頭を丸ごと口に咥えようとした。

「おいっ、ディリィ！　やめろ！」

もちろん小さな口にすべてが収まりきるはずもなく、コーディリアはバゲットでも頬張るように強引に先端の肉を口いっぱいに含む。

「んんっ……」

コーディリアはうさちゃんに教えてもらったように、舌や、頬、咽喉の奥のやわらかい部分を使って口淫をしようとするのだが上手くいかない。

「あうっ……」

それどころか、歯が当たってアーネストは苦しげな呻きを発した。これでは、兄を気持ちよくするどころか、いじめているみたいだと焦ってしまう。

「コーディリア、痛いよ。お願いだから、無茶はやめて……」

「ごっ、ごめんなさい！」

苦しげな呻きにコーディリアは仕方なく、兄に言われた通り口を離す。痛みで少し萎えた肉茎を握り締めながら、半べそをかきながら項垂れた。

「私じゃダメなのね……このままじゃ、お兄様、他の女の子と過ちを犯してしまうわ……」

その思いだけが妄執となって、コーディリアの頭にこびりついていた。アーネストは、はあっと長いため息を吐き出した。呆れるというよりは、しょうがないなといった感じである。

「そんなことはしないから、お前ももうやめなさい」

アーネストの要求にコーディリアは駄々っ子のようにいやいやと首を振った。

「もう一度、やらせて」

「あれじゃあ、全然、よくならないんだよ……」

アーネストは、ぼそっと苦言を漏らす。最愛の兄によくないとはっきり言われて、さらに落ち込んでしまった。どんな女の人にも負けたくない、兄を奪われたくない。コーディリアの大きな瞳がじわっと潤むと、アーネストはひどく慌てふためいた。

「わかったよ。ちゃんと出すから……でも、僕だけ見られるのは、なんだか抵抗があるな。コーディリアも、ちゃんと脱いでくれるかい？」

「私が？」

正直、子どもじみた裸体を見られるのは気が進まなかった。

「その方が、時間がかからないと思うから……」

ぼそっと小さな声で呟く。

「うん……」

これは必要に迫られてやっているのだから、嫌などと泣き言は言っていられない。コーディリアは覚悟を決めると、するっと夜着を肩から滑らせた。暗がりの中、飴色の蠟燭の炎に照らされた少女の裸体は、純真そうなのにひどく艶めかしく映る。

アーネストは突然、胸の谷間に顔を擦りつけた。

「きゃっ！　お兄様！」

以前、兄にされた胸への甘い愛撫を思い出すと、それだけで秘所がむずむずして、はしたない淫蜜を流してしまいそうになる。だが、あんなことをされたらもう何も手がつかなくなってしまうだろう。コーディリアは慌てて身体を離した。

「どうして離れるの？　僕に吐精させたいんだろう？」

アーネストは離れるコーディリアの身体に追いすがろうとするが、繋がれた犬のように縄目が手首に喰い込んだ。

「今日は私がお兄様を気持ちよくしてあげるの」

「僕はお前に触れているのが一番、いいのに！」

コーディリアは兄の言葉を無視して太腿にまたがった。下肢に手を伸ばし、反り返る肉棒を握り締めた。今度は無理に口に咥えようとはせず、てっぺんにチロチロと舌を這わせながら、零れ落ちる唾液をたっぷりと肉茎にまぶして根元から上下に擦り上げる。

「ふっ……あうっ……」

亀頭と肉茎のくびれを突くように舐め上げると、アーネストの腰が大きく跳ね、唇から悩ましい嬌声が漏れた。すると、尿道口からとろりとした透明の液が染み出し、口の中に苦くてしょっぱい味がした。

「これ、お兄様の……蜜？」

ペロペロと飴でも転がすように丁寧に舐め取っていると、アーネストは泣きそうになっていた。

「ディリィ！　お願いだから、そんなの吐き出して！」

大人の男である兄が顔を赤くしてうろたえる様子に、コーディリアは不思議な満足を覚えた。きっと、自分が気持ちいいとどうしようもなくなって見境もなく蜜を流すように、兄も感じるとこんなふうになってしまうのだ。むせ返る雄の匂いにくらくらと眩暈がして、胸の奥がかっと熱くなる。

「もっと、お兄様を気持ちよくしてあげたいの」

ぴたりと兄の内腿に顔を寄せて夢中になってしゃぶっているだけで、コーディリアの肉体もひどく昂揚していた。下腹部が熱くなって、いつのまにか蜜を湛えた秘所を兄の脚に擦りつけていた。

「ディリィ、お前も濡れているね……僕のものをしゃぶっていて興奮してしまったの？」

アーネストは膝を持ち上げると、器用にコーディリアの内腿を擦りつけた。

「ひゃん！　だっ、だめ！」

これ以上、されておかしくなる前に兄を黙らせなければならない。コーディリアは鈴口や亀頭のくびれ、兄の弱いところを丁寧に舐め上げる。そうしながら、先走り液を手のひらに塗りつけて根元から小さな手で一生懸命しごき上げた。

「どう？　気持ちいい？」

「うくっ、あっ……」

だが、アーネストは腰をびくっと浮かせて快楽に身悶えながらも、一向に精を放つ気配はなかった。充血した赤い肉に唇を寄せ、ちゅぱちゅぱと音を立てて吸いついていると、アーネストは切なそうに眉根を歪めた。瞳が潤んでいる。

「なっ、生殺しだよ……こんなの……」

額にじっとりと汗をかいて顔を紅潮させては、はあはあと荒い息をついている。

「ねえ、どうしたら、あの時みたいにたくさん出してもらえるの？」

あの晩、兄は自分の中で大量の精を放ったというのに、今日は何がいけないというのだろう？　コーディリアにはまったく見当がつかなかった。このまま、射精させられなければ他の女の子に兄を奪われてしまうかもしれないという焦燥感でいっぱいになる。

「だって、すごく久しぶりだったから……それに、お前は処女だったから、中の具合がきつくてすごく具合がよくって……」

いくにいけなくて、アーネストは意識が朦朧としているようだった。ぼんやりと虚ろな瞳で、普段なら絶対に口にしないような失言をうっかりしてしまう。

「うーっ」

コーディリアは耳を覆いたかった。苦しげに唇を噛む。

久しぶりということは、過去に兄がこのような行為を他の女としていたということである。

相手が処女じゃないということは、きっと娼婦か何かと遊んでいたのだろう。ずっと、清らかで誠実な兄と信じていたコーディリアは、ひどく裏切られた気持ちになった。

それに、コーディリアの具合がよかったと言ってくれているのに、再び兄の肉を受け入れることは叶わない。切なさに胸が締めつけられ、嫉妬の炎で身が焼け焦げそうだった。

「ひどいわ、お兄様！　一体、どこの誰とそんなことをしたの！」

コーディリアは肉竿《にくざお》の根元をぎゅうっと強く握り締めた。

「あうっ！」

快楽とも痛みともつかない喘ぎが漏れる。コーディリアがじれったいほど弱々しく嬲っていた男根は強い刺激を待ち望んでいたのだろう。アーネストの肉の塊はコーディリアの手の中で一気に怒張した。だが、コーディリアはそれを擦り上げようとはしなかった。

「あっ、ディリィ……お願いだよ……わかっているんだろ？」

涙目になったアーネストは、腰をわななかせている。多分、強く握ったまま絞り出すように擦り上げてほしいのだろう。だが、怒りに駆られたコーディリアは、兄の望み通りにはしたくなかった。

「お兄様、娼婦と遊んでいたの？」

本当はこんなことは聞きたくはなかった。だが、嫉妬でぐちゃぐちゃになって理性を失ったコーディリアは、傷つくとわかっていながらも問いかけずにはいられない。アーネストは狂おしい瞳をして、じれったそうに金色の髪を左右に振り乱した。

「言いたくない！　ああっ、ディリィ……お願いだから、ひどいことしないで……こんなの、頭がおかしくなる……うくっ！」

いつでも、コーディリアの質問に明確に答えてくれるアーネストが答えないということは、すなわち肯定したも同然である。コーディリアは爆発寸前まで膨れ上がった硬い肉茎の根元を握り締めながら、いじめるように先っぽの赤らんだ肉を舌で突いた。

「あっ、あぁ……」

鼻から抜けるような声を咽喉から絞り出して、苦しげに眉を寄せている。散漫に全体を舐められてもじれったくなるだけなのだろう。確実に快楽へ導く個所《かしょ》を強く攻められたいのだ。射精の寸前で焦らされて切なげに歪む美貌、悩ましげにしなる美しい肢体。このままずっと眺めていたかった。だが、瞳を潤ませて苦しげに荒い息をつく兄が、だんだん可哀想になってしまう。

「あっ、大丈夫、ちゃんとよくしてあげるから……」

「くっ……」

青筋を立てて心臓のようにドキドキと脈打つ雄を、根元からぎゅっと擦り上げる。

「あぁっ、あぁっ！」

先端から熱い飛沫がビュクビュクと放たれた。

「きゃっ！」

コーディリアの顔に飛沫がかかって、手のひらにねろねろの白濁液が纏わりついた。これが、射精という行為なのだと、コーディリアはその激しすぎる生理現象に驚き、ゴクリとつばを飲む。

「……縄を解いて」

ぐったりと項垂れたアーネストが、冷え冷えとした声で呟いた。兄の怒気を封じ込めた声の調子にコーディリアはぞっとした。だんだんと、自分のしたことに後悔の念が押し寄せる。拘束が解けるとアーネストは素早く自分とコーディリアの衣類を整え、細い手首を痛いほど強く摑んできた。

「やっ、痛い！」

引きずられるようにして、コーディリアの私室へと向かう。

「さあ、お前をそそのかした幽霊はどこだ！」

アーネストの怒気にコーディリアは縮み上がった。コーディリアはうさちゃんのことを兄に打ち明けるか迷っていた。確かにどこか普通じゃない、邪な気配のする幽霊ではあるが、コーディリアのことを友だちと呼んでくれている。それに、なぜだかわからないが、不思議と懐かしい感じもするのだった。

「わからない、どこかへ行ってしまったかも……」

コーディリアはぐすっとしゃくり上げながら呟いた。

「まあ、いいさ。でも、二度とおかしな声に耳を傾けてはいけないよ。いいね！」

「……はい」

こくりと頷きながらも、兄に対して嘘をつくなんて初めてのことでとても後ろめたい気持ちだった。リネンに埋もれるうさちゃんは無機物らしく横たわっていたが、緑色のビーズの瞳だけは闇夜にキラキラと妖しく瞬いていた。

六章　悪魔のような兄

　牧草地に囲まれたなだらかな丘を登ると、四角い教会の尖塔《せんとう》が見えてくる。

　今日は典礼のある主日《しゅじつ》である。主任司祭であるアーネストの一番忙しい日だ。

　コーディリアは祈禱書を片手に、荷馬車にガタゴトと揺られて教会へやってきていた。

　ゴシックアーチに囲まれた前室に入ると、そこでは、典礼を待つ村人が集まっていた。募金箱に寄付をしたり、世間話に興じたりしている。その中に、よく知った顔を見つけて、コーディリアはきちんと挨拶をする。

「ヘイムズ先生。こんにちは」

「あら、コーディリア。こんにちは」

　それに応えて、ミランダもにっこりと挨拶を返す。今日も女教師らしくかちっとしたテーラード・スーツに身を包み、話し方も所作もきびきびとしている。

「今日も、メアリーと一緒じゃないのね？」

「……」

　学校でも、典礼もいつでも一緒だったのに、今ではお互いを避けている。ミランダは立場上妹とコーディリアを平等に扱うよう気遣っていた。だから、コーディリアが言いにくそうに口を噤むと、それ以上は何も問いかけなった。

「何か相談したいことがあったらいつでも言ってね」

「はい、ありがとうございます。先生も典礼に出席されるのですか？」

ミランダは進化論の論文に感銘を受けるような、先進的な考えをする女性だった。あまり熱心に教会へ通うことはなかったのに、珍しいこともある。

「ええ、今日は貴女のお兄様にお話があるの。典礼の後にお時間をいただいたのよ」

ミランダは温かみのある視線をコーディリアに向けていたが、コーディリアは急に不安に襲われた。先生とアーネストは、あまり接点がないはずだ、一体、なんだというのだろう。


厳粛な典礼の最中もアーネストに見惚れている女の子はたくさんいた。彼女らは典礼が終わった後も、ずっとアーネストの素晴らしさについて熱心に語り合っていた。聖書を読む声が音楽的でうっとりとしてしまうとか。説法の言葉の選び方が詩的で、知性に溢れているとか。そして、何よりも気品ただよう姿が美しくて胸がときめいてしまう、などと黄色い声を上げてはしゃいでいる。

「ああ、なんでフレミング神父さまは神父さまなのかしら！　本当にもったいないわ！」

「せめて牧師さまだったら、結婚のチャンスだってあったのに！」

神父の兄をうわついた目で見られて、コーディリアはむっと目を眇《すが》める。

女の子たちはみんな兄に夢中だ。ずっと、城館で暮らしていた時は、やさしい兄を独り占めにしていると思えたのに、外へ出た途端、急にたくさんのライバルが現れて、コーディリアは焦りのようなものを感じていた。

典礼が終わるとコーディリアは人混みに紛れて、聖堂の入り口にある告解室にじっと身を潜めていた。わきまえのない行為であることは重々承知していたが、いても立ってもいられない気分だった。

(先生は、お兄様と何を話すつもりなのだろう……)

ミランダは知的で立派な女性だ。そこらへんの女の子のような軽々しいところなどない。だが、もしミランダが秘かにアーネストに想いを寄せていたら？　メアリーのようにおかしくなって、兄を誘惑するかもしれない。

コーディリアの心には暗雲のような黒いもやもやとしたものが立ち込めていた。疑心暗鬼に陥っては、兄と先生の情事の光景さえありありと脳裏に浮かべてしまう。先生が長い栗色の髪を乱されて、大人の肉感的な身体を兄の意のままに開かれ弄ばれる姿を。

(そんなの、いや！)

妬心に胸が焼け焦げそうだった。吸血鬼の幽霊の影響で未だに歳相応の身体とはいえないコーディリアは、自分も気がつかない心の奥底で大人の女性を嫉《ねた》んでいた。兄がもし神父でなかったら、ミランダと並べばきっとお似合いの恋人同士に見えるだろう。そんな益体もないことさえ考えてしまう。

（……私、何を考えているんだろう）

こんな妄想に取りつかれたコーディリア自身も、悪魔の影響で正気を失い始めているのかもしれなかった。コーディリアはすがるような思いで、胸にかけていたロザリオをぎゅっと握り締める。

コーディリアは告解室のドアにかかったビロードのカーテンの隙間から、二人の様子をじっと窺っていた。二人は会衆席に並んで腰をかけて、ずっと長い時間、熱心に話し込んでいた。どんな話なのか、二人の表情はここからでは見えない。じりじりするような焦燥感の中、コーディリアはうす暗い告解室で時が過ぎるのをじっと待つしかなかった。


「こんなところで何をしているの？」

うす暗い小部屋に突如、明かりが差し込んで、コーディリアは眩しさに目を瞑った。恐る恐るうす目を開けると、アーネストがカーテンを捲ってこちらを静かに見据えている。どうやら、いつのまにかミランダは帰ったらしい。

「あっ……」

ごめんなさいという言葉が咽喉につかえる。アーネストの目は厳しく、とても怒っているのがありありとわかったからだ。冷え冷えとした瞳で見下ろされて、コーディリアは身がすくんでしまう。

「僕を見張っていたの？」

重苦しい沈黙が落ち、どうしたらいいのか途方に暮れてしまう。

ギギッ。すると背後で聖堂の重い扉が軋む音がした。コーディリアは慌てて告解室に身を隠したが、なぜかアーネストも背後から押し入ってくる。二人が密着して立っているのがやっとの、狭い空間に閉じ込められてしまった。

（どういうこと？）

誰が入ってきたのかはわからないが、コツンコツンと靴音が静かな聖堂に反響していた。

アーネストは耳元で低く囁いた。

『聖堂守《せいどうもり》だ』

典礼の後の聖堂の後始末に訪れたのだろう。アーネストの腕がコーディリアの身体をそっと包み込んだ。怒られると覚悟していたので、思いがけない兄の抱擁にほっと嬉しさが込み上げる。

（えっ？）

だが、アーネストの手のひらは悩ましい動きで、すうっとワンピース越しに身体の線を辿っていた。

『……つう』

コーディリアは小さな唇を嚙み締める。背後から抱きすくめられていては兄がどんな表情をしているのか窺うこともできない。兄の手のひらは肩から脇腹へ、腰へと下りて、小さな二つの丸みを弄っていた。背後から膨らみかけの控えめな乳房に手が伸びてくると、コーディリアは身を強張らせ、微かに不安げな声を上げた。

『あっ、お兄様、ダメよ……』

よりによって、こんな神聖な場所で例の病気が始まってしまったらしい。コーディリアの心臓は凍りつきそうになって、背筋には冷たい汗が伝っていた。これ以上、淫らな振る舞いをさせまいと、コーディリアは必死に兄の手を摑んで押し止めようとする。

『っ！』

すると、アーネストはコーディリアのうなじに顔を押し当て、首筋にやわらかい唇を寄せた。つーっと首筋に尖らせた舌が這うと、予期せぬ不意打ちにぞくぞくっと肌が粟立った。一度、肉の快楽を刻まれたコーディリアの身体は、これくらいのことでも過敏な反応を見せてしまう。

アーネストは抵抗する手が緩んだのをいいことに、双方の手を自在に動かした。片方の手で乳房を下から揉み上げては揺らし、もう片方でスカートの裾から内腿に手を差し込む。熱い手のひらを這わせ、陶磁器のように滑らかな内腿を撫でまわしていた。

やめて！　と、抗議の声を上げたいが、いくら囁くような小さな声といえども、物音を立てれば聖堂守に気がつかれかねない。コーディリアは歯を食いしばって、ぐっと息を呑み込む。アーネストは薄く笑いながらペチコートと一緒にスカートをたくし上げると、裾をコーディリアの口に押し込んだ。

『んんっ！』

下穿きの紐《ひも》を緩められると、レース飾りのついたドロワーズは腰まで下がってしまった。そのまま強引に太腿のあたりまでずり下ろされ、下肢が露わになる。

『このまま、聖堂守がこのカーテンを捲り上げたらどうなるだろうね？』

アーネストは胸を揉みしだきながら、さもおかしそうに耳元で囁く。狂気を孕んだようなぞっとする声に、コーディリアは戦慄《せんりつ》が走る。

悪魔が兄を破滅させようとしているのではないか？　強い動悸《どうき》がして眩暈を起こしそうだった。だが、心とは裏腹にアーネストに触れられた肌は、さらなる愛撫をねだってかっと熱を帯びてしまう。

（あっ、そこ……）

しっとりと汗ばんだ内腿を撫でまわしていた手が股間に滑り込む。これでは悪魔の思う壺《つぼ》だと思いながらも、はしたなく疼く肉芽に、硬く突き出す胸の先端に、触れてほしくてたまらない。

コーディリアの身体は淫らな期待に昂ぶっていた。だが、アーネストはじらすように決して快感の源泉に触れようとしない。ワンピースの布越しに乳房を持ち上げたり揺らしたりはするが、つんと突き出たピンク色の突起には触れようとはしない。脚の付け根から腿に手のひらを往復させても、秘所を弄ろうとはせず、肩透かしを喰らわせる。

「んぅ、ふぅ……」

口を塞がれているコーディリアは、鼻から荒い息を吐き出すしかなかった。いつのまにか、内腿は愛蜜でじっとりと濡れていた。アーネストも興奮しているようで、耳元に荒い息遣いを感じる。耳朶に熱い息が吹きかかると、ビクリと肩が跳ね上がった。コーディリアは火がつきかけた情欲に身悶えながら、翡翠色の瞳をじれったそうに潤ませていた。

『甘酸っぱい匂いがする。感じているんだね？』

アーネストはコーディリアの耳朶をくすぐって、甘噛みをする。興奮しているのはコーディリアだけではなかった。アーネストも硬く昂ぶった雄をぐりぐりと背後から擦りつけている。

「ぁっ……」

兄の硬くて熱い欲望の昂ぶりを腰のあたりに感じると、口に食んでいたスカートを落としそうになってしまった。望んではいけないことなのだが、本当は兄のすべてが欲しくてたまらなかった。甘く淫らに身体を弄られて夢心地になって、兄の肉の昂ぶりを、熱い飛沫を、許されざる子宮の奥底で感じたい。それを想像するだけで、コーディリアはさかりのついた猫のように腰が動きそうになってしまう。

『また、ここの先を弄ってほしい？』

アーネストはブラウスの上から弧を描くようにして乳輪をなぞっていた。

『それとも、このぷっくりと硬くなった、下の木の実の方がいいのかな？』

触れるか触れないかくらいのごく弱い力で指が女芯を掠めると、コーディリアはびくりと白い咽喉を震わせた。

「うっ……くぅ……」

声が出ないようにぎゅっとスカートの裾を噛み締め、緩く左右に首を振った。

だが、身体は正直だ。悪魔の誘惑に屈しないという心とは裏腹に、アーネストの囁く淫らな妄想に酔ってしまう。秘所は淫蜜で潤み、下肢はじれったいような疼きに苛まれていた。仄暗い告解室は欲情した兄妹の汗ばむ肌と、誘惑するような甘い匂いでむわっとむせ返るようになっていた。

『だっ、ダメ……』

だがここは、聖なる教会で、兄は神父なのだ。コーディリアはロザリオをぎゅっと握り締めた。ここで、悪魔の力に屈してしまえば取り返しのつかないことになる。コーディリアは情欲に崩れそうになる身体を必死で支えながら、兄の誘惑に抗おうとした。火照る身体を散々弄ばれながら、スカートの裾を噛み締めじっと声を出すのを堪える。

『だって、お前のあそこびしょびしょに濡れているよ。本当は股を弄ってほしいんだろう？こんなふうにして……』

クスクスと耳元で嘲《あざけ》るように小さく笑っている。充血して肉づきのよくなった陰唇を弄りながら、潤んだ狭間《はざま》を執拗になぞられた。秘孔に指先をツプリと埋め込まれると、蜜でぬるついた肉襞がひくひく収縮してアーネストの指に絡みつく。

『んーっ』

違うとコーディリアは半泣きになりながら髪を振り乱す。瞳を潤ませながら懸命に声を上げそうになるのを堪えていると、バタンと扉の締まる音がした。どうやら、後片づけは終わったらしい。助かったのだとコーディリアは気が緩んで、へなへなと膝の力が抜けていった。

「もう！　何を考えているの！」

わっと、コーディリアは身体を弄ぶ兄の腕を解いて、抗議の声を上げた。告解室から外に飛び出して聖堂から逃げようとしたが、痕が残るくらい強い力で手首を摑まれた。

「どこへ行くの？　告解は終わってないよ」

振り返るとアーネストの整った顔から一切の表情が消えていた。

規則正しく並ぶ聖堂の窓から幾重にも射し込むステンドグラスの虹色の光。それを、背に受けるアーネストは美貌が怖いくらい際立って、まるで本物の堕天使のようだった。身震いするほど冷徹な瞳でコーディリアを見下ろしている。

「あっ……」

隠されていた兄のもう一つの顔。コーディリアは瞬きもできないくらい、その顔から目が離せなくなった。恐怖のあまりガタガタと肩も膝も、全身が震えている。

「さあ、自分の罪を告白するんだ。そこへ座りなさい」

もう一度、告解室へ引きずり込まれると、抑揚のない声が冷たく命令した。コーディリアはおとなしく丸椅子に腰をかけると、ちょこんと膝を揃えて座った。

「ごっ、ごめんなさい……」

とりあえず謝ったが、その後になんと言えばいいのだろう？　あの晩、お兄様を襲ってごめんなさい？　それとも、ヘイムズ先生とのことを疑ってごめんなさい？

「自分がどんな悪いことをしたのかもわからないのかい？」

アーネストの瞳は怒りで燃えている。アーネストはこれまで一度だって、コーディリアの前でこんなに強い感情を露わにすることはなかった。知られざる兄の一面に、ざっとコーデイリアの血の気が引いてゆく。

「とにかく、ごめんなさい！」

もう何がなんだかわけがわからなくなってしまった。ひたすら謝るしかない。

「全然わかってない！　コーディリアは僕がよその女の子と過ちがあるんじゃないかって、そんなことばかり心配しているけど、お前自身はどうなの？」

アーネストは形のよい眉を歪めて、不服げにコーディリアの胸元に手を伸ばす。

「きゃあっ！」

そして、胸元に下がっていたロザリオを乱暴に奪い取った。

「あの男から貰ったこんなものを大事そうに身につけて……」

アーネストは憎々しげに、豪奢なロザリオをじっと睨みつけていた。

「あっ！」

コーディリアはすっかり忘れていたのだが、そういえばアーネストに何も報告していなかった。お菓子一つでも誰かから頂きものをしたときは、必ず報告するようにと普段から言われていたのに。

「あっ、それはね、悪魔対策なの。ヴァルさんっていい人なのよ、お兄様のことをとても心配してくださって……」

アーネストのこめかみがピクリと痙攣し、表情は一層、険しくなる。

「いい人って、お前はあいつが気に入ったのかい？　いかにも女好きしそうな男じゃないか。まだ、ほんの少女のお前が、もう雄の匂いに惹きつけられるなんてね。それに、いつから愛称で呼び合うような深い仲になったの？　こんな高価なロザリオを貰うくらいだから、何もなかったわけじゃないだろう？」

「深い仲って……あの、何か誤解している？　あの人は本当に私たちのことを心配してくれただけよ。外見はそうは見えないけれど、心はとても立派な方よ」

コーディリアは兄の下世話な勘違いにちょっと呆れてしまう。

「じゃあ、あのキスはなんだったの？　下心があるに決まっているじゃないか！」

あの現場を見られていたのだ。兄の怒りの真意を知って、コーディリアははっとした。不可抗力とはいえ簡単に唇を奪われたのは事実だった。司祭の妹ならば、もっと立ち振る舞いは隙がないよう気をつけなくてはならなかったのに。きっと、そのことで兄の誇りを傷つけてしまったのだ。

「キス以外に何をされたの？」

アーネストはコーディリアの肩を荒々しく揺さぶった。

「どうなんだ！」

やさしい兄をこんなにも怒らせてしまって、自分の過ちに泣きたい気持ちになる。

「あっ、何もされていないから！　んっ！」

抵抗するコーディリアの頰を手のひらで押さえつけて、アーネストは噛みつくように唇を押しつけた。容赦なく舌をからめとって、激しく唇を蹂躙される。

「んっ……ふぅっ……」

上顎のざらついた場所をくすぐられると、コーディリアはびくっと肩を震わせた。そうやって敏感なツボを見つけ出すと、アーネストは執拗にそこを攻め立てようとする。蠢く舌は口腔《こうこう》を容赦なく這いまわった。淫らな口づけにコーディリアは翻弄され続ける。

「ふうっ……はあっ……」

糸を引くような口づけから解放され、同じ翡翠の目と目が合う。いつもとは違うギラギラとした光が瞬く兄の瞳に、コーディリアはひどく落ち着かない気持ちになった。助けを求めるべき兄がこんな有様では一体どうなってしまうのだろう。コーディリアは不安になって、胸元で手のひらをぎゅっと握りしめた。でも、悪魔と戦うためのロザリオはもうない。

「本当に何もされてないの。こんな、本当のキスじゃなかったの！」

「さあ、どうだか。最近のお前は僕に隠していることがあるみたいだしね」

疑わしげな横目でジロリと睨まれる。ひょっとすると、うさちゃんのことで嘘をついたのにも、気がつかれていたのかもしれない。アーネストは椅子に座っていたコーディリアの足首を掴み上げると、罰とばかりに後ろの窄《すぼ》まりが見えそうなほど大きく脚を開かせた。

「あっ、いやっ……こんなの……」

一度快楽を刻まれた少女の身体は、はしたなく秘所を愛蜜で潤ませていた。ツーンと甘酸っぱい雌《めす》の匂いを放つそこを、兄にしげしげと覗き込まれる。コーディリアは羞恥のあまり顔を伏せたが、淫靡な兄の視線を受けると身体はいっそう昂ぶってしまう。肉の花びらは充血して、誘うように艶やかに色づいている。

「嫌なものか。こんなにもの欲しそうになっているじゃないか」

アーネストは蜜に潤んだ花弁を左右に押し広げた。そこをしなやかな指でなぞると、くちゅりくちゅりと淫靡な水音がした。コーディリアは耳を塞いでしまいたかった。

「やっ……やめて……」

そのまま、滑るように蜜口に指が差し込まれる。一度、破られただけの隘路はまだ狭かったが、兄の指を迎え入れるように咥え込んだ。指が二本に増やされると、赤い肉襞が大きく押し広げられる。

「あっ、あ……なんてこと……」

暗がりでは確かにいろいろなことをしたが、神様に赦しを願う神聖な場所で、花園の奥まで白日の下にさらしてしまうなんて。恐れ戦《おのの》く心と、快楽に堕ちそうになる身体。相反する葛藤にコーディリアは苛まれる。

「お兄様、もう許して……」

うっと、咽頭を震わせ、恐怖と羞恥のあまり涙が頬に伝う。

「何を寝ぼけているの？　お仕置きはこれからだよ」

アーネストに冷えびえとした瞳で見下ろされると、魂まで凍りついてしまいそうだった。

アーネストはロザリオの真珠が連なる数珠《じゅず》の部分を、コーディリアの秘孔に押し込んだ。

「あっ！　いやっ、何をするの！」

アーネストの長くしなやかな指が出入りするたびに、ひやりとした滑らかな真珠が奥に押し上がる。コーディリアは背徳と異物感にわななないた。だが、媚壁を擦る兄の繊細な指先、滑らかな真珠に最奥を圧迫される思いがけない刺激に、背筋がゾクゾクと震えてしまう。

「アっ、あぁん……やっ、めて……」

もうやめてと懇願するものの、心とは裏腹な甘ったるい喘ぎしか出てこない。

「そんな、気持ちよさそうな声で、やめてもないと思うけど？」

アーネストは、はんと鼻でせせら笑う。

「あんっ、やっ……こんなのひどいわ……聖なるロザリオでこんなことをするなんて……正気とは思えない……やっ、あぁっ……」

「だったら、聖水の力で、正気に戻ってみようか？」

アーネストは企《たくら》むような悪い笑みを浮かべた。心まで凍りつきそうな邪悪な微笑みに、ぎゅっと胃が小さくなる。アーネストは差し込んでいた中指と人差し指を折り曲げると、天井の粘膜を擦りつけ激しく抜き差しする。背筋にぞわっと鳥肌が立って、肌が燃えるように熱くなった。

「ひゃあっ……なっ、なあに！」

突如、せり上がる尿意にも似た未知の感覚にコーディリアは怖気づく。膝が崩れ落ちそうになり、ガクガクと腰が勝手に震えだす。白い肌はほんのりと桃色に染まって汗ばみ、全身から誘惑するような色香を放っていた。

「もう膣《なか》で感じているのかい？」

アーネストは妹の身体の正直な変化に、うすい笑みを浮かべている。快楽に打ち震えるいたいけな身体をさらに上り詰めさせようと、襞を押し開いて容赦なく擦り上げた。

「いっ、いやぁ！　ダメ、そこ、おかしくなる！　そこを擦らないで！」

アーネストにはもうすっかりコーディリアのいいところがわかっているようだった。肉襞のある個所を激しく擦りつけられると、肉洞がビクビクと痙攣する。女芯への愛撫とは違う、もっと芯から引きずり出される深いうねり。このままでは粗相をしてしまうかもしれないと、コーディリアはせり上がる未知の感覚に怯《おび》え、尿意を我慢しようと左右に腰をくねらせた。

「どうしたの？　我慢しなくっていいんだよ」

アーネストはさらにコーディリアを追い詰めようと、膨れ上がった女芯に唇を被せる。

「ふあっ！　あんっ……そんなことされたら……」

女芯をやわらかい舌で転がされるたびに、鼻から甘えるようなか細い息が抜けた。抽送を繰り返すアーネストの白い指先を、熱く潤んだ肉襞は切なげにきゅうっと締めつけ、奥へ攫おうとする。すると、つるりとした真珠が快感に下がった子宮口にゴリゴリと当たって、頭が一瞬、白くなる。

「はあっ、あぁっ！」

コーディリアはべっとりと汗を額にかき、黄金の髪を振り乱しながら熱い息を吐き出した。

「小さくても女だね。やっぱり奥がいいんだ」

アーネストはさもおかしそうに指の動きを激しくする。ぐちょぐちょと襞の浅いところを擦られながら、外側からは女芯をやわやわと唇で舐られる。ぎゅっと膣が痙攣すると、つるつるした異物が子宮口をノックした。あまりの愉悦に気が変になってしまいそうだった。

「あぁん、いっ、いやっ！」

秘所がビクビクと打ち震えたかと思うと、花びらの奥から透明な飛沫が飛び散った。

「いやぁ……なんで、こんな……」

兄の顔を自らの恥ずかしいもので汚してしまった。自分のしてしまったことに愕然とし、コーディリアはこの世の終わりのような顔をして、細い肩を震わせて泣きじゃくった。

「何をそんなに泣いているの？　兄さんの前で粗相をしてしまったと思っているからかい？」

コーディリアは涙でぐちゃぐちゃになった面を上げられず、耳まで真っ赤になった顔を手で覆いただ黙って頷いた。すると、アーネストはニヤリと口元を歪める。

「これは尿じゃなくて、潮《しお》っていうんだよ。女はね、気持ちよすぎるとこういのを噴くこともあるんだ。別に汚いものじゃないんだよ。だって、お前の聖水だからね」

アーネストは陶然とした面持ちだった。

「こっ、こんなものを聖水だなんて、狂っているわ！」

「そうだね。こんなものじゃ全然足りないよ。正気を取り戻すにはもっと必要だ」

アーネストは手の動きを一層激しくした。

「いっ、いや！　ああぁんっ！」

真珠が肉襞を擦り上げて、子宮口を押し上げるたびに、鮮烈な刺激が身体を貫く。コーデイリアは全身をわななかせ、膣《なか》をビクッと痙攣させながら甘い悲鳴を上げ続けた。さらに腰の震えが止まらなくなると、再びビュッビュッと大量の透明な水沫《すいまつ》が飛び散った。

「うっ……いや、こんなの……」

恥辱と悦楽で身体も頭の中もぐちゃぐちゃになって、紅潮した頬に熱い涙が伝う。それを見つめるアーネストの視線は妄りがましく、まるで淫魔そのものだった。

「ごめんね。ディリィは泣き顔だって、とっても可愛いからね。もっと、色々な顔が見てみたくて、ついつい意地悪な気分になってしまうんだ」

アーネストは締まりなくとろけそうな顔をしながら、奥に押し込められていたロザリオの真珠を一気に引き抜いた。

「ひんっ！」

無数の珠が肉襞を勢いよく擦りつけ、抜け出た喪失感にブルッと腰が震える。アーネストは腰を屈めると、愛液にまみれた花園にむしゃぶりついた。舌を這わせながら、淫蜜を美味しそうに啜っている。もう、それが好きで好きでたまらないといった様子で、鼻梁を秘裂に狂おしく擦りつけ、顔を愛液でびしょびしょに濡らしている。

「あっ……」

コーディリアは信じられないと大粒の涙を流した。敬虔《けいけん》な兄が神様を冒瀆《ぼうとく》する暴言を、行為を、顔色一つ変えず平然とやってのける。完璧だった兄の偶像が崩れ落ちてゆく悪夢のような光景に、コーディリアは心を亡くしたかのように茫然《ぼうぜん》としていた。

「もう、いや……」

すべてが限界だった。

「こんな、お兄様なんて嫌い！　あっちに行って！」

コーディリアはなんとか逃げ出そうと身を捩り、手足をバタつかせた。バランスを崩して椅子から転がり落ちた拍子に、二人は赤絨毯の敷かれた身廊《しんろう》に縺《もつ》れ合って転がった。そのまま、逞しい兄に組み敷かれると、コーディリアの胸は壊れた早鐘を打つように乱れていた。変わり果ててしまった兄に、もはや恐怖しか感じない。

「兄さんが嫌いなら、あの男の方がいいっていうのかい？」

荒々しく胸元のボタンを引きちぎられ、ワンピースの裾をたくし上げられた。神父の妹に相応しい清楚な白いワンピース。他ならぬアーネストが選んでくれたものだ。よく似合っていると褒めてくれていたのに、アーネスト自身の手でその純真さを穢されてしまうのだ。

「あんなわけのわからない男に……他のどんな男にだって渡すものか！」

胸の谷間に犬のように浅ましく顔を擦りつけ、胸元から立ち上る妹の匂いをうっとりと吸い込んでいた。そして、青い果実のような少女の二つの丸みにむしゃぶりつく。

「いやあっ！　何を言っているの？　お兄様、おかしいわよ！」

コーディリアは覆い被さる兄を押しのけようとしたが、か弱い力では無駄であることを思い知らされただけだった。抵抗を見せるコーディリアの手首を床に押さえつけ、膝で強引に脚を割った。じれったいほど疼く乳首に唇を被せると、舐って、啜り上げた。ツンと小豆《あずき》のように硬くなった先端を、甘噛みして抵抗をするコーディリアを耽溺させようとする。

「あふっ、んうっ……」

悲鳴が甘い喘ぎになるまで、そんなに時間はかからなかった。淫魔のような兄の変わりように涙が零れるのに、甘い疼きに身体は昂ぶってしまう。

「そんなに胸を弄られてよかったの？　僕も、なんだか痛いくらいだよ」

コーディリアは兄の言葉の真意がわからなかった。だが、アーネストはうすら笑いを浮かべて僧服の裾をたくし上げ、堂々と屹立した欲望の塊を妹の目の前にさらけ出した。

「お願い、やめて……そんな姿で……」

コーディリアは絶望的な気分に襲われた。アーネストが主任司祭を任されるこの教会で犯されるのかと、目の前が真っ暗になる。一体、正気に返ったら兄はどうなってしまうのだろう？　真面目な兄のこと、きっと犯した罪の重さに耐えられなくなってしまうだろう。

この悪魔はアーネストの清らかな魂を苦しめて、築き上げてきた聖職者としての徳や信頼、きっと、アーネストのすべてを壊してしまいたいのだ。だからこそ、聖なる教会で実の妹を凌辱《りょうじょく》しようとしているのに違いない。

「ずっと、こうしたいと思ってたんだ」

アーネストはひどく荒い息をついていた。はち切れんばかりに反り返った雄の昂ぶりに手を添え、とろとろとした愛蜜で潤んだ妹の秘孔に押しつけた。

「ああっ……」

本来熱い塊を受けるべき女陰でそれを感じると、女の本能のようなものが疼いてしまう。このまま、腰を沈めてズブリと挿入してほしい狂おしい気持ちになるが、そんなこと許されるはずはない。

「お兄様、だっ、ダメぇ！」

コーディリアの熱い身体は籠絡《ろうらく》寸前だった。だが、このまま悪魔の兄に犯されてしまえば、コーディリアの愛する本物の兄は壊れてしまうだろう。

「可愛い、ディリィ。お前が欲しくて、おかしくなりそうだよ」

アーネストはゆっくりと腰を動かすと、硬い肉茎を秘裂にあてがった。愛液と先走りの液でぬるぬるになった谷間の肉を、ぐちゅぐちゅと擦り上げてゆく。亀頭が充血した女芯を突き上げるように抉っている。包皮から中を覗かせる敏感な粘膜を、兄の欲情した切っ先で気持ちよくされると、鮮烈な刺激に頭がどうにかなってしまいそうだった。

「ひっ、あぁ……ダメ……本当に、ダメなの……」

最後の一線だけは越えてはいけないと思いながらも、せり上がる愉悦に翻弄され続ける。打ち震える腰は悩ましげにしなって、誘うように淫らな動きを見せていた。それでも、コーディリアはなんとか誘惑に抗おうと、きゅっと奥歯を噛み締める。

「兄と妹なんて言っても、所詮《しょせん》は男と女だからね。このまま、身体を繋げてしまえば、妊娠するかもしれないよ。アハハ、おかしいや！　兄と妹で子供を作るなんて。そいつは絶対にどうかしている！　生まれた子供はなんて思うんだろう？　やっぱり、そいつも妹を好きだとか言い出すのかな？」

アーネストは狂気に瞳を爛々《らんらん》と輝かせ、陰惨な哄笑《こうしょう》を放っていた。

「そんなことしたら、神様に怒られるわ！　お兄様は神父様なのよ！」

コーディリアは兄が立派な神父だったことを少しでも思い出してほしかった。だが、アーネストは整った顔を小意地が悪そうに歪めているだけである。

「神様って残酷だと思わない？　ダメだって言うんだったら、最初から兄妹は交われないようにこの身体を作ってくれればよかったのに。甘い餌《えさ》をちらつかせては、いたいけな子羊を罪に陥れようとしているとしか思えないよ」

アーネストは濁った瞳をして、自嘲《じちょう》気味な笑みを浮かべる。

「そんなことを言っちゃダメ！　今すぐ神様に謝って！」

清らかで、敬虔な神父だった兄はコーディリアの誇りであり、絶対の聖域だった。それが、平気で冒瀆的なことを口にする姿に、悲しくて胸が潰れそうになってしまう。この、悪魔はどこまで兄を貶めれば気が済むのだろう。悲しみと共にふつふつと怒りも込み上げる。

「神様なんて本当はいないんだよ。きっと」

「嘘よ！　お兄様がいるって言ったのよ！　いつでも私たちを見守ってくださっているって！　だから、恥ずかしくない生き方をしなきゃいけないって言ったの！」

わっと、泣きじゃくるコーディリアを黙らせるために、アーネストは激しく息を奪った。逃げようとする薄い舌を強引にからめとると、激しくそれを吸り上げる。執拗に繰り返される肉欲の口づけに、コーディリアはか細い肩をびくんびくんと震わせていた。

「んくっ……ふうっ……」

貪るように口腔を嬲られれば情欲の炎が燃え上がり、汗ばんだ下肢を一層、熱くさせる。互いの淫蜜でぬるついた秘裂にはち切れんばかりの陰茎をあてがわれ、それがいつ挿入されるともわからぬ恐怖を感じながら、同時に期待も入り混じっていた。こんなに心と身体がバラバラになってしまうものだなんて思いも寄らなかった。

「ほら、挿《い》れてって言ってごらん」

「ひゃっ……んっ……」

蜜孔の奥が切なげに疼いて、それが欲しくて気も狂わんばかりになる。

「お前さえ欲しいって言ってくれたら、兄さんのものを熱く潤んだここに挿れてあげるよ」

アーネストは硬く怒張した肉の塊を手に添えると、潤んだ秘孔にあてがいぐちゅぐちゅと捏ねまわした。先端を秘孔に押しつけられると、コーディリアは慌てて腰を引こうとする。

「あんっ、はぁ、いやっぁ……それだけはダメなの……」

言葉とは裏腹に挿れてほしいと思わず言ってしまいそうになる。だが、コーディリアは瞳を切なげに潤ませて、崩れそうになる身体を支えて必死に抵抗を続ける。

「強情だな。でも、そんな顔されたら、もっと意地悪したくなるな」

アーネストは軽薄な笑みを浮かべながら、ぴんと張り詰めた双方の乳首を引っ張り上げて指の腹でくにくにと転がしている。

「いつまで我慢できるかな？　ここを弄られるの、お前は大好きだよね」

「んあぁっ……あぁんっ……」

頬を桃色に染めて甘い疼きに腰まで痙攣させながら、糖蜜のような喘ぎを漏らす。

「ああ、でもお前はこっちも大好きだったよね？　同時にされたらさすがに降参かな？」

アーネストは器用に腰を動かし、充血して膨れ上がった女芯を亀頭でしつこく突き上げた。

「いいっ、やぁんっ……だっ、だめなの……」

乳首を摘ままれながら女芯を擦られると、膣内がうねってどろどろに溶け出してしまいそうになる。湧き上がる愉悦にコーディリアの頭は桃色のうす靄がかかったようになる。瞳はとろんと濁って、腰はもの欲しげに揺れていた。あまりの悦楽に理性は崩壊寸前だった。

（こんなのダメなのに！　ダメなのに！）

快楽の源泉をこうも攻められては、肉欲に屈するのも時間の問題と思われた。恐ろしい冒瀆行為を犯してしまうかもしれない恐怖と、身体を苛む愉悦の渦に正気を失いそうだった。か弱い少女の神経はズタズタに引き裂かれ、意識が朦朧とする。

「ディリィ？」

抵抗を見せていたコーディリアが急に人形のように動かなくなると、アーネストは訝しげに妹の顔を覗き込んだ。朦朧とする意識の中で、兄の胸元で銀の質素なロザリオが揺れている。これは、兄妹の恩人であるエンデルス神父より賜ったもので、アーネストが何よりも大切にしていたものである。

ふと、ヴァレンタインの言葉が脳裏に響く。

――兄さんを救いたかったら、強くなるんだ。そして、賢くな。

強くも賢くもなかったが、愛する兄を失いたくない。その一心で、コーディリアは意識を手放しそうになりながらも、アーネストの胸ぐらを摑んだ。十字架を握りしめると、涙ながらに叫んだ。

「お兄様、思い出して！　この、十字架を賜って、お兄様は司祭になったのよ！　この、十字架もさっきのように汚せるの？　帰る家もない私たちを助けてくれた恩人で、お兄様を司祭にしてくださった先生の十字架よ！　汚せるものなら、汚してみなさいよ！」

この声が懸命の声が届かなかったら、もう自分たちはお終いだ。コーディリアは全身全霊で兄の心へ訴えかけた。その気迫は小さな身体に似合わず、大の男であるアーネストをも圧倒するほどの激しいものだった。

「お願い、正気を取り戻して！」

ぴしゃりという頬を打つ鋭い音が聖堂に木霊する。コーディリアの渾身《こんしん》の一撃だった。

アーネストは驚きに緑の瞳を見開き、軽く頬を押さえていた。一瞬だったが、その躊躇いがちな表情の中にコーディリアのよく知る兄を見たような気がした。

もう、限界だった。身体が氷のように冷たくなって、すーっと魂が抜け出した。

目の前が真っ暗になる。


「んっ……うん……」

窓からオレンジ色の西日が射すと、コーディリアは静かに瞼を開く。どれくらい意識がなかったのだろう。ぼんやりとした視界が、徐々にはっきりする。

どうやら、ここはいつもの自分の部屋のようだ。

「コーディリア……」

沈痛な面持ちで兄が自分の顔を覗き込んでいる。いつものやさしげな緑色の瞳は後悔で曇り、うっすらと涙さえ滲んでいた。ああ、私のお兄様が帰ってきたのだと、コーディリアは安堵した。

「もう……ずっと、目を覚まさないのかと思った……」

アーネストの声はひどく掠れている。

「僕は……自分で自分が許せない……我を忘れて、悪魔に屈してしまうなんて……」

翡翠色の瞳が滲んで、長い睫毛が震えている。椅子に腰かけたアーネストは、じっと頭を抱えて、後悔のあまり項垂れていた。

「自分のことをそんなふうに責めないで。だって、お兄様は病気だから仕方がないの」

「病気……？」

アーネストはゆっくりと面を上げると、不思議そうな目をしていた。

「そうよ。だって、お兄様だって私のことを見捨てないで、ずっとお世話をしてくれたでしょう？　何も知らない女の子を眠らせて、血をこっそり私にくれようとして……あんなこと、本当に嫌だったと思うわ……だから、今度は私がお兄様を助ける番なの。私、何があっても平気よ」

コーディリアは努めて明るく振る舞おうとした。

「ディリィ……お前はいつのまにか、とても強い子になったんだね」

アーネストは潤んだ瞳で、眩しそうに目を細めている。

「そうよ、だから悪魔を祓う方法が見つかるまで二人で頑張りましょう」

「……そうか」

アーネストはしばらく口を閉ざしていたが、何か決心したようだった。

「僕は一人で頑張ってみるよ」

「えっ、どういうこと？」

突き離すような言葉に、コーディリアは戸惑いを隠せない。

「お前にはずっと黙っていたんだけど。実は以前からミス・ヘイムズに、お前を街の女学校に進学させてはどうかという話があったんだ。通学に不便だからと、ずっと断っていたんだけれど」

「ええっ！　じゃあ、今日もそのお話で？」

それなのに兄と先生の仲を疑っていたなんて。コーディリアは恥ずかしくて仕方がなかった。

「ミス・ヘイムズは下宿先も探してくださったんだよ。お前は成績もいいし、気立てもいいから、こういう村の学校だけではもったいないってね。僕もそう思う。時代も変わって女性も家庭に閉じこもって暮らすばかりでもないと思うからね。いずれ結婚するにしても、広い視野を持っていろいろな経験をさせてあげたいって思うんだ。どうだい？」

「そんな、急に言われても……」

まさか、兄と離れて暮らす日が来るなんて思いも寄らなかった。それに、この話に兄が乗り気であるということに、見放されたような心細い気持ちになる。

「でも、私立の女学校なんて学費がかかるわよ」

冴えない顔をしているコーディリアの頭を、アーネストは愛情いっぱいにくしゃくしゃっとする。

「そんなこと、お前は心配しなくて大丈夫。退魔や悪魔祓いのお礼に心づけもいただいたりしているから……って、これは内緒にしておいて。断ったのにどうしてもっていう時だけ受け取っているんだよ。本当だよ」

アーネストは冗談いっぱいに片目を瞑ってみせた。もちろんから元気なのだが。

「でも、またお兄様の悪魔が暴れ出したらどうするの？　教会で他の女の子にもいけないことをしようとしたら……？　お兄様、失職しちゃうわよ」

「他の女の子には、絶対にそんなことをしないよ。修業して悪魔を完全にコントロールできるようにする」

アーネストはきっぱりと言いきった。瞳の奥に揺るぎのない、強い決意が宿っていている。兄は何がなんでも自分を手放す気なんだと思うと、コーディリアはショックを隠せない。

「でも、でも！」

なんとか兄の気持ちを変えられないものかと考えを巡らすが、言葉がどうしても続かない。

「コーディリア、聞き分けてくれ。悪魔のせいだけじゃない、この城館の邪気が強すぎて僕らはどんどんおかしくなっていっているんだ。お前にもわかるだろう？　このままだと、僕はお前の将来をめちゃくちゃにしてしまうよ！」

「だって、お兄様の傍を離れたくない！」

わっとコーディリアは兄の逞しい胸元にすがりついた。結局、駄々っ子のように、兄を困らせるような言葉しか出てこなかった。アーネストはそんな妹の肩をふわりとやさしく包み込む。

「今まではお前が手の施しようのない奇病に侵されていたから一緒に暮らす許可もいただいていたけれど、それは特別な配慮だったんだ。本来、神にお仕えする司祭は家族から離れて、どんな時でも信者のみなさんのために働くのが一番の理想なんだよ」

「もう、悪魔を追い払っても一緒に暮らせないの？」

「ああ、本当は遅すぎるくらいなんだ。エンデルス先生にも聖職に就いたら、コーディリアとは離れて暮らすようにと戒められていたんだよ。お前を、お屋敷にメイドとして奉公させる話もあったんだけど、先生が亡くなられて僕もお前を独り立ちさせる決心がつかなくて……それで、あんな事件に巻き込まれたものだから……」

そんなに以前からアーネストが自分を手放すことを考えていたなんてショックだった。これまで、兄と暮らした記憶が古い日記帳を捲るように次々と蘇る。

コーディリアの物心がついた頃から、二人は孤児院で暮らしていた。屋根の上の錆《さ》びついて動かなくなった風見鶏《かざみどり》と、灰色のうらぶれた建物。それを、惨めな記憶と共に思い出す。中は一年中寒々しく、冬は特にひどかった。泥とかびの臭いがする室内、家具のないだだっぴろい部屋に、子どもたちがひしめき合って暮らしていた。

その孤児院は表面的には慈善事業ということで認可を受けていたが、実態は養子縁組でビジネスをしている胡散臭い男が経営していた。子供に恵まれない一般家庭に貰われていく子も多かったが、中には最初から労働力としてこき使うことを目的に貰われていく子もいた。身体が大きい男の子は危険な炭鉱や農奴として死ぬまでこき使われ、顔立ちの整った女の子は娼館へ売られてしまうこともあったらしい。孤児たちはいつも自分たちの行く末の噂をしていて、あそこでの暮らしはいつでも不安がつきまとっていた。

コーディリアは兄と引き離されることを、何よりも恐れる神経の過敏な子になってしまった。

二人を別々に引き取るという者が現れるたびに、まだ少年だったアーネストはコーディリアを腕に抱いて施設の屋上に駆け上がって、一緒に引き取ってくれなければここから飛び降りると大人たちを脅した。当然、こんな気性の激しい子はご免だと、まとまりそうだった養子縁組の話はいつでも台無しになってしまう。アーネストは院長に散々鞭で叩かれたが、ケロッとしたものだった。

『ディリィと離ればなれにならなければ、僕はなんでも我慢できるよ』

アーネストはいつだって辛いことを我慢して、悲しみをひた隠にして、コーディリアには笑顔だけ見せてくれていた。

(お兄様はいつだって全身を盾にして私のことを守ってくれた……)

新しい生活をする不安よりも、兄と離れる喪失感の方が大きい。どんなに辛い思いをしていた時だって、アーネストが全身全霊で注いでくれる愛情はコーディリアの心を豊かさでいっぱいにしてくれていた。その、親鳥のような腕から離れていかなければならないのかと思うと、切なくて胸がぎゅっと締めつけられる。

「不安だろうけど、ディリィならもう大丈夫。きっと立派にやっていけるって信じているよ」

あのまま、ずっと十三歳のまま兄に世話をされて、自分を友だちだと思ってくれている女の子の血を啜りながら生きていく。そんな、真っ黒な未来もあったはずだ。そんな呪われた吸血鬼の世話をさせられる兄は、きっと、ずっと不幸だったに違いない。

だが、禁忌も恐れぬ兄の献身で、コーディリアの止まっていた時間が再び動きだしたのだ。

その代償として最愛の兄と離れなければならないのなら、致し方ないことのように思われた。

兄はずっと恵まれなくて、人生不幸続きだったけれど、神様のお導きで今はこうして立派な司祭になった。苦しさを糧にして、立派な道に進んだ兄を、妹として誇りに思っている。だからこそ、アーネストが望む司祭らしい暮らしの邪魔を、これ以上するわけにはいかなかった。

「わかりました、お兄様。そのお話、お受けすることにします」

コーディリアは涙を堪えて、もう兄に迷惑はかけまいと精一杯強がってみせた。

「何も今生《こんじょう》の別れじゃないんだよ。人生の中で誰もが経験する転機なんだ。お前の未来が幸せなものであるように、毎日お祈りをするからね」

アーネストはそんなコーディリアの強がりなど手に取るようにわかるようで、一層、慈愛に満ちた瞳をしていた。険しく眉を寄せる妹の顔を覗き込むと、おでことおでこをコツンとする。

「うん」

このままずっと日だまりのように温かな兄の腕に抱かれていたかったが、大人の階段を上らなくてならないコーディリアにそれはもう許されないことなのだ。

七章　離れて暮らしても

下宿先のミドルトン家の屋敷は、裕福な人々が暮らす瀟洒《しょうしゃ》な界隈にある。貿易商として成功したミドルトン氏には身分の高い立派な客が多く、使用人も数多く雇い入れていた。歴史あるウィトリン・ホールと趣が異なって、ここはいつも最先端の華やかなムードに包まれている。

そして、女学校に通い始めて数か月、季節はクリスマスシーズンになっていた。

昨日から、ミドルトン家の応接室の中央には、天井にまで届きそうなモミの木が据えられていた。コーディリアはたくさんのオーナメントでツリーを素敵に飾りつける。金と銀に装飾された林檎、豪華な蠟燭留め、硝子《ガラス》の鐘、陶器の天使。どれも、目をみはるような素晴らしい品だった。そして当日、ツリーの根元はプレゼントの箱で埋め尽くされるのだ。

「ツリーの飾りはこういう感じでよろしいですか？」

「ええ、大変結構です。ありがとう、コーディリアさん」

暖炉の前で編み物をしていた上品な老女は、目尻に深い皺を寄せて微笑んだ。ミセス・ミドルトンは現在の当主の母君である。みんなから、尊敬と愛情を込めて大奥様と呼ばれている。コーディリアは学校が休みの日は、こちらの大奥様のコンパニオンのようなことをさせてもらっていた。

当初、下宿の話が出た時は、ごく普通のお宅でキッチンの手伝いなどもしながら住まわせてもらうことを想像していた。だが、このような立派な屋敷には各部門にメイドが揃っており、下宿人であるコーディリアが雑事をするなどとんでもないということなのだ。

それでも、何か手伝えることはないかと思っていたら、大奥様の話し相手《コンパニオン》にということになった。もちろん、看護の心得のある専門の侍女も雇っている。だが、孫と同じ年頃で、素直で可愛らしいコーディリアを大奥様はすっかり気に入ったのだ。高齢の大奥様の身体をいたわりながら、聖書の朗読をしたり、お茶の相手をしたり。ちょっとしたことでも役に立てると、一人前の大人に近づいたような気がして嬉しくもあるのだった。

「この季節は心が躍るわね」

「ええ、何もかもがとっても素敵。本当にクリスマスが待ち遠しいです」

コーディリアはこんな絵に描いたような豪華なクリスマスを体験するのは初めてのことである。ミドルトン家では親戚《しんせき》やごく親しい友人が何十人も集まって盛大なクリスマスをするらしい。クリスマス・プディングはスター・アップ・サンデイを終えてもう寝かせてある。当日はたっぷり詰めものをした大きな七面鳥の丸焼き、ミンスパイも振る舞われる予定だ。質素清貧を旨とする修道院では、せいぜい痩《や》せたガチョウのローストくらいだった。それでも、熱狂して喜んだものである。

去年まではクリスマスというだけで気持ちは暗く沈んでいた。

吸血鬼と化した穢れた身でそんな神聖なお祭りをしていいはずはない。聖夜の晩は帰りの遅いアーネストを待ちながら、膝を抱えてうずくまっていた。だから、今年はクリスマスおめでとうと、何百回でも浮かれて叫びたいくらいだった。だが、ふと傍らに兄がいないことが急に寂しく感じられて、浮き立つ気持ちに待ったがかかる。

（お兄様と一緒にこの喜びを分かち合えればいいのに……）

アドヴェントからクリスマスまで司祭は多忙を極める。今まで一度も会いに来てくれなかった兄のこと、一緒にクリスマスを祝いたいなど過ぎたる望みなのかもしれない。

「そういえば、姪《めい》のロザモンドのクリスマスカードだけまだ来ていないの。あの子はちょっとのんびりしているからねぇ」

大理石のマントルピースは覆い尽くされるほどのクリスマスカードで飾られている、コマドリやヒイラギ、ブーケ柄などさまざまな図案のクリスマスカードは見ているだけで楽しい。

「そろそろ、郵便屋さんの配達の時刻だわ。私、ロザモンドさんのカードが届いていないか聞いてきますね」

コーディリアは渡りに船とばかりに、戸口に向って歩き出した。

「あらあら、本当はお兄様からの手紙を待っているんでしょ？」

兄と離れて暮らすようになってから、コーディリアはいつだって郵便屋《ポストマン》を待っている。

コーディリアは郵便を受け取ると、アーネストからの手紙を上機嫌に抱き締めていた。

「おい……あんまり、はしたない真似はするなよ」

勝手口から引き返し、長廊下を歩いていると背後から神経質そうな若い男の声がした。聞き覚えのある声にコーディリアが不承不承振り返ると、そこに、ミドルトン家の嫡男《ちゃくなん》バジルが立っている。

年は十八歳。普段は名門大学のカレッジで暮らしているが、今はクリスマス休暇中である。中肉中背でスタイルもよく、着こなしも程よく流行を取り入れていて洗練されている。いかにも良家の甘えたお坊ちゃんといった風貌の青年である。大奥様曰《いわ》く、母親を早くに亡くしてちょっとわがままに育ってしまったという。しかも最近は腹違いの弟が生まれたせいか、いっそう扱いにくくなってと、ボヤいていた。

帰省してからというもの、夜はコヴェント・ガーデンのような賑やかな界隈で一晩中、化粧の濃い女の子たちと舞踏会に明け暮れて、早朝に泥酔した挙句《あげく》喧嘩沙汰《ざた》を起こして、巡回中の警官に補導されて帰ってくるということもしばしばだった。それに、コーディリアの顔を見れば嫌みばかり言うので、あまり会いたくない相手だった。

「往来がある場所で労働者と気安く口を利くな、みっともないだろう。それに、使用人の勝手口から出るなと何度言えばわかるんだ？」

高圧的な物言いに反感を持ったが、なんといっても世話になっている家の子息である。それに、口論になって嫌な思いをするよりもさっさと折れて、早くアーネストの手紙を読みたかった。

「……ごめんなさい、気をつけます」

悔しいがぐっと言葉を堪える。コーディリアが珍しく素直に謝ったので、バジルは意外そうにしていた。兄からの手紙がなかったら、こうはいかなかっただろう。

「ところで、コーディリア」

すっと、腕が伸ばされ、肩に手が触れる。肩に纏いつく手のひらの感触がひどく不快だった。バジルは二人きりになると、妙に馴れ馴れしい態度を取ってコーディリアを困惑させた。深夜の舞踏会で知り合うような軽々しい女の子と一緒にしないで！　そう言ってやろうかと、コーディリアはむっと眉根を寄せる。

「これから、出かけないか？」

コーディリアは肘《ひじ》でバジルの腕を軽く押し返す。

「いいえ、大奥様のお世話がありますから」

「婆さんの相手なんて退屈だろう？　兄貴がつまらない坊主だからって、お前までそんな地味な格好をして、くだらない祈禱書なんぞ朗読していることもないぜ」

バジルは今時の青年らしく老人も聖職者も、おまけに神様までバカにしていた。

「いいえ、とても有意義に過ごしています」

コーディリアは相手にするのもバカバカしいと、ツンと澄ましてやり過ごそうとした。

「なんだよ、いい子ぶって。お前って世の中の楽しいことを、何も知らないんだろうな」

バジルは鼻でせせら笑った。

「やっ」

突然、身体を抱きすくめられると、コーディリアは不愉快そうに身を縮こまらせた。小さなコーディリアを見下ろすほど上背はあるものの、兄よりもまだ少年らしさが残る身体だ。不意打ちに面を食らったが、数々の困難に直面してきたコーディリアが恐れる敵ではなかった。

「ちょっと、やめてよ!」

コーディリアは怒りに頬を赤くしたが、バジルの目には乙女の恥じらいのように見えたらしい。元から戯れのつもりだったのか、あっさり腕を解いた。

「ふん、ガキ。もっと、色っぽい声出せよ」

「ううっ……」

どっちがガキなのよ! コーディリアはわなわなと唇を震わせながら、バジルを上目遣いでキッと睨みつけた。

「もう、腹が立つ！」

コーディリアは私室に戻ると、憤然たる思いが空回りをしていた。じたばたと振り上げた拳が空を切る。傾斜のある屋根裏の狭い部屋でできるのは、書き物机に向かって勉強するか、ベッドに寝そべるかの二択である。コーディリアは疲れたとばかりにキルトのかかったベッドに飛び込んだ。枕に寄りかかりながら、アーネストから届いた封筒を、熱っぽいきらめきを湛えた瞳で眺めていた。

「お兄様……」

筆跡占いというものがあるが、兄の文字は一字一句を几帳面《きちょうめん》に書き綴っており、性格がよく表れていると思う。何事もいいかげんにはしない、職務にも最善を尽くそうと常に準備を怠らない。人々の悩みにいつも誠実であろうとする。時には寝食を忘れてまで困っている人の助けになろうとするので、コーディリアは兄が今どんな生活をしているのか心配でならなかった。

「それに、禁欲修業は上手くいっているのかしら……」

兄の決意の固さを信じてあげたいが、いかんせん自身でコントロールできないものであることもコーディリアは身に染みてよく理解していた。心配と嫉妬、悩みは尽きることがない。

だが、手紙を読んだコーディリアは、いっぺんで憂鬱が吹き飛んだ。

「お兄様が来てくださるんだわ！」

コーディリアの白い肌が生き生きと輝き、頬にぽっと赤みが差す。

こちらへ用事があるので、ミドルトン家のみんなにクリスマスの挨拶に伺うという手紙だった。コーディリアはさっきまでの不機嫌もどこかへ吹き飛んで、胸の中が喜びでいっぱいになっていた。


当日、アーネストは来客用の部屋へと通されていた。

アーネストはいつものように漆黒のキャソックに銀のロザリオを身につけ、神の僕《しもべ》らしく慎《つつし》み深い格好をしていた。みやげなのだろうか、手に大きな包みを持っている。この日を、指折り数えて待ち侘《わ》びていたコーディリアは目の前の兄の姿に胸がいっぱいになった。抱きつきたい衝動を必死で堪え、感激に頬を上気させる。

「お兄様!」

銀の鈴を響かせるような弾んだ声で、コーディリアは兄を出迎える。

「コーディリア、いい子にしていたかい?」

透明でありながら、甘いくぐもった感じのある兄の懐かしい声。久しぶりに会う兄は相も変わらずため息が出るほど美しいものの、少しやつれたような気がした。これは悪魔を抑える修業の疲れによるものだろう。自分が傍にいればこんなふうになるまで放ってはおかないのにと、コーディリアは歯がゆい気持ちがした。

「ええ、もちろん。ちゃんと、お兄様の言いつけ通り、いい子にしていたわ。学校の勉強も頑張っていたのよ。後で、成績表を見せるわね。それに、ここのお屋敷でも、お手伝いをさせていただいているんだから」

コーディリアが眩しい笑顔を浮かべると、アーネストもつられるように笑顔になって白い歯を覗かせる。

「ねえ、これから、街に出かけましょうよ」

下宿人は正式なお客というものでもないので、兄と二人で語らうのにいつまでもこんな上等な客間を使わせてもらうわけにもいかない。

「そうだね、クリスマスで賑わう街を散策するのもいいね。お前もクリスマスの支度があるだろう？　おこづかいをあげるから、なんでも好きなものを買うといいよ」

コーディリアは嬉しそうに、兄の腕にしがみついた。

「だったら私、ボクシング・デイに郵便屋さんに何か気の利いたものをプレゼントしたいの！　どんなものだったら喜んでもらえるのか一緒に選んでくれる？」

「郵便屋さん？」

「お兄様からの手紙を間違いなく届けてくれる素晴らしいお仕事よ。雨の日も雪の日も、毎日、とても長い距離を自転車で走らなくてはならないんですって。でも、みんなの喜ぶ顔が見たいから頑張れるって言っているわ。とても、えらいと思わない？」

そんなコーディリアの言葉に、アーネストは眩しそうに目を細めている。

「お前がそうやって、日々を誠実に生きる人々の素晴らしさがわかるようになってくれて嬉しいよ。これこそが、僕の一番のクリスマスプレゼントだ。そうだね、これから街へ行って、日頃お世話になっているみなさんのプレゼントを選ぶことにしよう」

「買い物の後は、ティールームへ行きたいわ！」

「うん。そういう華やかな場所もたまにはいいね。なんでも、好きなものを頼むといいよ」

コーディリアはうきうきと、用意しておいた赤いパルトーとお揃いの帽子を手に取った。

二人が腕を組んで出かけようとすると、ノックもなしに急にドアが開く。

「それには及ばん。何か入り用なら外商を呼ぼう。茶にするなら、ここを使ってくれ」

苦虫を嚙み潰したような顔をしたバジルが入ってきた。二人は慌てて腕を解く。

「貴方がバジルさんですか？　今し方、ミセス・ミドルトンからお話を伺ったばかりです」

アーネストは温和な表情を崩さなかったが、何かを探るような目つきでバジルを観察していた。

「アフタヌーン・ティーにちょうどいい時間だ」

バジルは返事も聞かぬうちに呼び鈴を引いた。執事にお茶の支度を命じると、応接セットの上座にどかっと腰を下ろして足を組んだ。二人は戸惑いがちに、勧められた椅子に腰をかける。

大きな窓から雪が降り始めた英国式庭園が見えた。

アーネストは窓から見える景色や内装の趣味のよさを褒めて、何かと年若いバジルに気を遣っているが、バジルときたらえらそうに肘をついて、気のない返事を繰り返しているだけだった。その態度は、そうとうコーディリアの勘に障っていた。

しかも、二人きりのお出かけを邪魔されて、コーディリアはさらにむっとしていた。

あまり、いい雰囲気といえないその間にも、執事と客間女中が優雅なアフタヌーン・ティーの支度を調えていく。

光り輝く銀器にのった、キュウリのはさんであるサンドイッチ。粉砂糖をまぶしたヴィクトリアン・サンドイッチ・ケーキ。真っ赤な苺のタルト。高価なメニューが上等なリネンのかけられたテーブルに次々と並べられる。有能そうな執事は慣れた所作で銀のティーポットから茶を注ぎ、姿形のよい客間女中が熱々のスコーンをサービスする。

「これは、大変なお心遣いをいただきまして恐縮です」

「ええ、兄上。当然のことですよ」

兄上という嫌みなアクセントが、妙に鼻についた。

それに、この豪華すぎるもてなしをアーネストはまったく喜んでいないようだった。

「コーディリア。そのへんの安っぽい店になど行かなくとも、当家にはフランス人のシェフとパティシエを常勤させている。食べたければいつでもそいつらに言えばいい。お前は貧乏が染みついているようだから、これからもっと贅沢の楽しさを覚えるといいだろう」

自慢たらたらなバジルの態度に、お金を見せびらかされているようなしらけた気分になる。大体、バジルはどんなことでも金で解決できると思っている節がある。遊ぶのに飽きた女と別れるのも、喧嘩沙汰も何もかも金で揉み消しているという噂だ。

(きちんと挨拶をして、気持ちのいい態度で接してくれるだけでいいのに)

それからも、アーネストが何を話してもバジルは無愛想だったので、コーディリアはもう二人の間に入って気を遣うのも疲れてしまった。だから、仕返しではないけれど、それからずっとアーネストとばかり話をしていた。何せ、次はいつ会ってもらえるかわからない。兄と過ごす一瞬、一瞬が貴重な時間なのだから、なりふり構ってはいられなかった。話している間中、バジルはじっとりと陰険な眼差しをアーネストに向けていた。

「ミドルトンさん。すみませんが妹と二人きりにしてもらってもいいでしょうか？　先ほどのことも伝えなくてはいけませんので……」

アーネストの言葉にバジルは黙って頷いた。なんだか兄の様子がおかしいような気がして、コーディリアは妙に胸がざわついた。

コーディリアの部屋へ下がると、二人はほっと安堵の溜息をついた。その首を傾ける仕草もため息の吐き出し方もそっくりだったので、兄妹は急に笑い転げてしまう。

「ちょっと疲れたよ」

アーネストは大人の余裕の笑みを浮かべるが、どこか心ここにあらずといった落ち着かない様子だった。

「私もよ。バジルって大人げないと思わない？　なんで私たちの邪魔ばかりするのかしら？　楽しくお茶ができないのならそっとしておいてほしいわ！　それに、いつも私に嫌みばかり言うの！　貧乏だの。ガキだの。色気ないだの。文句ばっかり！」

アーネストはやわらかな緑色の瞳を陰らせて、コーディリアの顔をじっと覗き込んだ。

「彼はお前のことを好きだから、ちょっかいを出したくなるんだろうね。実は、先ほど大奥様から縁談のお話をいただいたんだ。お前とバジル君のね」

「ええっ！」

コーディリアはぽかんと開いた口が塞がらなかった。正直、あり得ない話だと思う。

「何かの間違いでしょ？　大奥様の早合点だと思うわ」

「彼はお前に首ったけなんだね。さっきも、すごい目で僕を睨んでいたよ。お前が楽しそうに話をする男は、たとえ実の兄だろうと気に入らないって感じだったな。かなり、嫉妬深い性格みたいだから、彼の奥さんになると苦労するだろうね。実は今、嫉妬深い夫に悩んでいる、さるご婦人の相談に乗っているところなんだ。僕たちの宗派では離婚は認められていないけれど、夫の横暴にあまりにも苦しめられているからね。なんとか別れられるように、助力しているところなんだよ」

アーネストはため息交じりに肩をすくめた。

「そこまでわかっているなら、そんな話断ってよ」

コーディリアは腕を組んで、ジロリと横目で睨む。

「でも、こういう自然な形で知り合うのは、悪い話じゃないと思うんだ。僕たちはあまり大っぴらにできない過去があるからね……正式なお見合いともなると、家族や身元も調べられるからね……」

アーネストには辛く苦しい過去の記憶が重々しくのしかかっているようだった。端整な横顔が愁いを帯びている。

「それに、あまりお前自身のこともあれこれ詮索《せんさく》しないような寛大な人でないとね」

アーネストは自責の念に駆られているのか、痛ましそうに眉を顰めた。兄の言わんとしているところはわかっていた。純潔じゃないから、そう言いたいのだろう。

「私は結婚なんてしなくていいの！」

コーディリアは、兄の後悔を吹き飛ばしたいと強く訴えた。

「お前はまだ若いからわからないかもしれないけれど、厳しい世間を女一人で生きていくのはとても大変なことなんだよ。バジル君が嫌なら断るよ。でも、いつかは頼りになる伴侶《はんりょ》を得てほしいと思っているんだ」

「私、お兄様が好き……」

コーディリアは躊躇う兄の胸に頬を押しつけて、消え入りそうな声を咽喉から絞り出した。こんなことを言っても兄を困らせるだけとわかっていても、溢れ出る恋心を抑えられない。

「ディリィ……」

妹の頬に伝う一筋の涙を、アーネストは繊細な指先で拭った。

「私、勉強を頑張って、何か手に職をつけて、ちゃんと一人で生きていけるようになるの。だから、結婚はしないわ!」

兄へのこの想いが消えない限り、どんな人のもとへも嫁いでも心を偽ることになる。それでは、自分も、相手の男性も、自分の幸せを祈っているアーネストだって、誰も幸せになることなんてできない。

「そうかい、お前の気持ちはわかったよ。でも、この話をお断りするとなると、ここに下宿させていただくわけにもいかないね、寮に入れるように願書を出しておくよ。今までは空きがなかったけど、季節の変わり目は空き部屋も出るだろう。それまでは、大奥様には正式に返事をしないでおくことにしようか」

後さき考えず自分でなんとかすると思っていても、結局、兄を頼りにするしかない。そう思うと、本当に自分は駄目な子だと項垂れてしまう。

「ごめんなさい……わがままばっかり言って……きゃっ!」

アーネストはくしゃくしゃっと、愛情たっぷりに妹の金髪を掻き乱した。大きな手のひらから優しい気持ちが伝わってくる。

「こんなことくらい、お安いご用だよ。同じ年頃の女の子ばかりの寮生活も、気苦労があると思うけれど頑張って。お友達も応援しているから」

アーネストは冗談めかした顔をして大きな包みを開けた。中から取り出したのは、あのビロードのうさちゃんだった。

「ひゃっ、うさちゃん!」

「一人で頑張ろうと思って置いていったの? でも、お前はこの子が大好きだし、一緒じゃないと一人で眠れなかったよね?」

「うっ、うん」

ひくっと頬が引き攣る。実は家を出る時、持っていこうかと悩んだのだが、性懲りもなく兄を襲う計画を囁いたので、例の真珠のロザリオと一緒にチェストに押し込んでやったのだ。わざわざ持ってきてくれた兄の手前いらないとも言えず、コーディリアは躊躇いがちにうさちゃんを胸に抱いた。

「コーディリア、生活のための結婚を拒むのならそれでもいい。でも僕は、いつかお前の容姿だけじゃなくて、心の美しさや、性格のいいところをすべて受け止められる、そんな人と結ばれて幸せになると信じているからね」

人に言えない過去も、存在のすべてを受け止めて愛してくれる人。そんな人、兄以外にいるはずない。コーディリアが何か言いたげに面を上げると、アーネストは儚げに微笑んだ。

「コーディリアが僕を好きだと思っているのは、ちょっと違うと思うんだ。特殊な出来事が続いたから、混乱するのも無理はないよ……でも大丈夫。いつかお前もちゃんと大人になって、本当の愛もわかるようになるから」

違う、そんなのじゃない。そんな、言葉が咽喉から出かかった。だが、やさしく自分を突き放そうとする兄に、コーディリアはそれ以上何も言い返せなかった。


雪が深くならないうちにと帰路を急ぐアーネストを送って、屋敷に引き返すとバジルが腕を組んでコーディリアを待ち構えていた。

「さっきの態度はなんだ？」

顔を合わせた途端、唐突にこう問いかけられてなんのことかと言葉に詰まる。かなりご立腹だが、心当たりはまったくない。コーディリアがぽかんとしていると、バジルはいらいらとまくし立てた。

「俺がいるのになぜ、兄貴とばかり喋っているんだ！」

「そんなことで腹を立てているの？」

コーディリアはがっくり肩を落とす。もう比べてもしょうがないのだが、寛容な兄とわがままお坊ちゃんのバジルでは、ありとあらゆる面で違いすぎる。

「そんなことじゃないだろ？」

「あら、それはごめんなさい」

駄々っ子でも相手にしているのだと、適当にやり過ごそうとした。だが、バジルはその後もコーディリアから離れず、人気《ひとけ》のない長廊下に差しかかると肩や手に触れてしつこく言い寄ってくる。今日はどうしてもコーディリアがデートを承知するまで諦めない心積もりのようであった。

「私、勉強があるの。お誘いは受けられません！」

キッと気を張るコーディリアを、バジルは鼻でせせら笑った。

「女は美しく着飾って、上機嫌で笑っていればいいんだ。俺なら、ドレスでも宝石でもなんでもお前の欲しいものを買ってやれるんだぞ？　勉強なんてしていたら行き遅れのオールドミスになるだけだ。それよりも器量よしを生かして、未来の夫に気に入られる方が大事じゃないのか？」

べたべたと馴れ馴れしく肩を抱かれると、ふつふつとコーディリアの怒りが頂点に達する。

「もう、いいかげんにして！　誰が誰の夫ですって？　私は誰とも結婚しないいんだから！」

コーディリアは我慢の限界と、握られた手を思い切り振り払った。コーディリアの見た目に似合わぬ気丈さに、バジルはたじたじになる。

「おっ、おい！」

コーディリアはパタパタと靴音を立てて、一目散に屋根裏部屋へ逃げ込んだ。


暖炉のある部屋にのこのこ出ていってはまたいつバジルに捕まるか知れない。コーディリアは寒さに身を震わせながらベッドの上で深く毛布を被った。

「うさちゃーん、いるの？」

コーディリアはビロードのぬいぐるみに話しかけるが返事はない。気紛れな幽霊のこと、今頃は別のものに憑依しているのかもしれない。コーディリアはほっとしたような、話を聞いてもらえなくて残念なような、どちらの気にもなった。

本当にこれからは一人なんだと、決意を新たにする。

（いつのまにか、結婚や就職、将来のことを真剣に考えないといけない年頃になっていたんだわ……）

枕に頬杖をついて、ぼんやりと過去を回想する。

養父の屋敷を飛び出した時、アーネストは今のコーディリアと同じ十六歳。

貧民街で暮らした時でさえ、アーネストはけっしてコーディリアを路上で寝かせたり、餓《う》えさせたりはしなかった。だが、どうやって生計を立てていたのか、後になっても一切口を噤んでしまう。紹介状もない、素性の知れぬ少年がまともな職にありつくのは困難を極めるだろう。疑問には思うのだが、兄の傷口に触れるような気がして尋ねることが躊躇われた。

（お兄様……きっと、大変な苦労をして私を支えてくれていたはずよ）

今の自分に兄と同じことができるとはとうてい思えなかった。コーディリアは少年だった兄が歯を食いしばって自分を支えて生きてきたことを思うだけで瞼が熱くなり、うっすらと涙が浮かぶ。

（素晴らしいお兄様に喜んでもらえるような、立派な大人にならなくちゃ……）

一人で生きていかなくてはいけない孤独と不安。それでも、自分にできることを精一杯やってみよう。そんな決意を胸にコーディリアはぎゅっとうさちゃんを抱き締めた。


コーディリアはいつのまにか虚ろな夢の淵をさまよっていた。

知らない賑やかな街角で、霧に輪郭が溶け込んだ人影がせわしなく行ったり来たりしている。迷子のコーディリアは、兄とはぐれてとても不安だった。まるでミルク粥《がゆ》のようにまといつく濃霧の中でアーネストの後ろ姿を見つけた。

『待って、お兄様！　行かないで！』

だが、どうしても追いつくことができない。気がつけば兄は見知らぬ女性と、親密そうに歩いていた。兄の身体にしなだれかかるその姿はメアリーにもミランダにも、コーディリアが知っているすべての女性に似ているような気がした。アーネストの手が艶めかしい腰を引き寄せ、整った美貌で誘惑するように女の顔を覗き込む。

『ダメ！　やめて！』

見知らぬ女と兄の顔が近づくとコーディリアは心が散り散りになりそうだった。だが、いつのまにか女はコーディリア自身になっていた。身を焦がすような狂おしい衝動に駆られて、自分の顔を覗き込む兄に思いの丈をぶつける。

『お兄様、好きよ。愛しているの。お兄様がお嫁に行けと言うなら、言われた通りにする。だから、私のことを嫌いにならないで。お嫁に行っても誰にも言わない、内緒にしておくから……もう一度、あの晩のように、恋人だと思って口づけして……私を抱き締めてほしいの……』

アーネストの手がすっと伸ばされると、コーディリアは身を委ねようとうっとりと瞳を閉じた。

だが、肌を這うまといつく手のひらの感触の不快さに悪寒が走る。

違う、兄じゃない。

もっと遠い記憶だ。そうだ、これは養父の手。誰の手にも触れられたことのない、無垢《むく》な身体を弄ばれて心臓が凍りつく。

『コーディリア。僕たちにもやっと幸運が訪れたんだ！』

孤児院から兄妹揃って引き取ってくれるという人が現れた時、アーネストはとても喜んでいた。

だが、義父は財産目当てで二十も年上の女と結婚した胡散臭い事業家。義母は五度も結婚と離婚を繰り返した傲慢《ごうまん》で鼻持ちならない金持ち。なんとか妻の心、つまりは金蔓を引き留めたい一心で、妻の気に入るような可愛い子どもでもいれば、冷えきった夫婦関係のかすがいになるのではないかと、そんな安易な考えで養子縁組をしたのだった。

義母は天使のように甘い顔立ちをしたコーディリアに一目で夢中になった。

だから、アーネストはいわばおまけみたいなもの。そんな事情もあって、兄はいつも模範的な優等生でいるように心を砕いていた。勉強、スポーツ、大人の女性に好まれる上品なマナー。何もかも義母に気に入られるようにと完璧にこなしていた。

だが、コーディリアはそのへんの機微というものをわかっていなかった。カールを当てるコテを巻くのを毎朝嫌がって、装飾過剰で動きにくいドレスを着ることに抵抗した。最新流行のドレスを泥だらけにして客人の前に現れては、義母の面目を潰して激怒させた。

また、自分の言うことを一つも聞かないのに、アーネストにだけ懐いていることも義母をひどく腹立たせた原因だった。広告のような理想的な家庭、麗しい母娘《おやこ》関係を夢見ていた義母はコーディリアにすっかり嫌気が差して、ある日、家庭を捨てて出ていってしまった。

金持ちの妻が去った後、思惑の外れた養父の態度は豹変した。アーネストは寄宿学校を辞めさせられて、召使いのようにこき使われた。その上、養父の会社の経営もよくないらしく、何かあるたびに癇癪《かんしゃく》を起こしてはアーネストに当たり散らし、ひどいときには暴力を振るうことさえあった。

養父の屋敷はしだいに兄妹にとって牢獄《ろうごく》のような場所になった。

ある晩、コーディリアは寝室から連れ出されると、肘掛け椅子に縛りつけられた。手足をじたばたと動かそうとすると縄が喰い込む。痛みが走って泣き出してしまった。将来、娼館に売り飛ばすための仕込みをこれから義父自身がするというのだ。その邪悪な言葉の意味さえコーディリアはまったくわかっていなかった。

『やめろ！』

カーテンの陰に隠れていたアーネストが飛び出すと、養父と激しい格闘になった。

年の割には上背のあるアーネストだったが、六フィート以上の長身を誇る養父と比べれば大人と子どもだ。兄は一方的に頭を殴られ続けて、このままでは死んでしまうのではないかというほどだった。

――やめて、お兄様が死んでしまう！

そう叫びたいのに、猿ぐつわを嚙まされて声を上げることもできない。

『この、でき損ないの、恩知らずめ。お前たちを養子にするためにどれだけ仲介手数料を払ったと思っている？　その金は将来、コーディリアの身体で返してもらうつもりだ。そのために、今から男を教えようとして何が悪い？』

『させるか！　この、悪魔め！』

殴られてよろめいたアーネストはとっさに、暖炉脇にあった火搔き棒を摑んでいた。そして、まっすぐに養父の額を打ち据えると、鈍い音と共にびしゃりと鮮血が飛び散った。気がつくと、養父の重い身体はどさっとペルシア織の絨毯に沈んでいた。

『いやーっ！』

拘束具を外されると、コーディリアは悲鳴が止まらなくなる。

アーネストは血にまみれた手で、震えが止まらない妹の身体にすがりついた。

『ディリィ。お願いだ、黙って』

アーネストは骨が軋むほど強く、コーディリアを抱きすくめた。そうしなければ、アーネストも自らを保っていられないのだろう。コーディリアは血の匂いのする腕の中で、恐怖でガチガチと歯を鳴らしていた。

『ディリィ、ごめんよ……こいつの邪悪な企みにすぐに気がつけなくって……』

アーネストは壊れそうな眼差しで、悔しげに唇を嚙み締める。服を少し脱がされて、肌に触られはしたが、まだ恐ろしい計画は実行される前だった。

『……しっ、死んでしまったの？』

アーネストはよろよろと横たわる義父に近づき、じっと血まみれの顔を覗き込んだ。

『……そうみたい』

アーネストは諦めたように首を振った。同情の余地もないほどひどい養父であったが、こんな男のために兄が人類の犯す内で最も重い罪を犯してしまったなんて。コーディリアはまだ目の前で起こったことが信じられなくて放心していた。

『僕はね……お前を守るためならなんでもするよ……なんだって……』

アーネストは力を込めた腕を、ずっと緩めようとはしなかった。

コーディリアはその後、すごく後悔した。自分が大人の気に入るようないい子だったら、こんな恐ろしい事件は起きなかったのに。兄の手を汚したりはしなかったのに。アーネストはあの夫婦の歪みは遅かれ早かれ何か忌まわしい事件を起こしていただろうと慰めてくれたが、やはり自分の愚かさがすべていけなかったのだと思う。

だから、コーディリアは兄にとって、大人にとってのいい子でいたいのだ。


何者かに身体を揺さぶられて浅い眠りから目を覚ますと、コーディリアはひっと息を呑み込んだ。自分に覆い被さっているバジルの姿を、信じられない面持ちで凝視する。

「なんで、貴方がここにいるの？」

コーディリアは無礼をなじる口調で、軽蔑した視線を投げかける。

「おい！　今、自分が何を口走ったかわかっているのか？」

だが、侵入者であるはずのバジルは、コーディリアの非難など意に介していない。それどころか激昂のあまり湯気が出そうなほど、顔を真っ赤にしている。

「お前、あの兄貴と何をした？」

「なんですって？」

バジルの言葉に、先刻までの悪夢が徐々に思い起こされる。一体、どこからどこまで自分は口走ってしまったのだろう。コーディリアの背筋に嫌な感じの冷たい汗が伝う。

「あの美形の兄貴とお前は、何かおかしな雰囲気があると思っていたが、まさかそういうことなのか？」

「何を言っているの？」

可愛さ余って憎さ百倍とばかりに、バジルは悪鬼の形相をしていた。ベッドが軋むほど乱暴にコーディリアの身体を押さえつけると、ワンピースの生地の上から胸元に乱暴に手が添えられた。その手つきは、今までのからかうような触れ方とは違って、明らかに情欲をぶつけようとする触れ方に変わっていた。恐怖のあまり動悸が早くなる。

「やっ、乱暴はやめて！」

無理矢理唇を奪われそうになって、必死で長い髪を振り乱す。

「くそっ！　可愛いらしい、純情そうな顔をしやがって……あの兄貴と寝たのか？　お前は、とんでもない女だな！」

バジルは卑猥《ひわい》さと卑屈さが入り混じった複雑な表情をしていた。ずっと、幼稚なわがままお坊ちゃまだと侮っていたが、男の暗部を見せつけるバジルの変貌にコーディリアは愕然とする。

「じっとしていろ！　お前が本当に罪を犯していないか調べてやる」

仄暗い情念をたぎらせた瞳に睨みつけられる。その言葉の裏には、コーディリアをどう扱ってもいい女だという残虐《ざんぎゃく》さが見て取れるのだった。

「いやっ！」

襟元を開こうとする手を払い除けようと揉み合ううちに、布地が音を立てて引き裂かれた。首筋に顔を埋められると、屈辱に涙が零れそうになる。

「いっ、いや！」

白い肌に無我夢中で吸いつくバジルの唇の感触に身震いして、コーディリアは黄金の髪を半狂乱になって振り乱した。心臓は、獣に捕らえられた憐れな小鳥のように脈打っている。

ふと、羽枕の横にちょこんと足を揃えているうさちゃんと目が合った。緑柱石のようなビー玉の瞳が、一瞬きらりと光ったような気がした。

「たっ、助けて、うさちゃん！」

コーディリアはなりふり構わず叫び声を上げた。

『ディリィったらひどいわ。私を閉じ込めて、置いてきぼりにするなんて』

バジルは執着していた少女の肌を辱めることに夢中になって、二人の奇妙な会話も耳に届いていないようだった。

「反省しているから、だから助けて！　お願い！」

『また、お友だちだと思ってくれる？』

「もちろんよ！　ずっと、お友達だったでしょ？　きゃっ！」

コーディリアは冷や汗をかきながら、飛び上がらんばかりに驚いた。バジルの手がスカートの中に潜り込んできたからだ。

「何をこの期に及んでぶつぶつと独り言を言っている？　お前はちょっと変わったところがある……うわっ！」

「やめて！」

身体を捩って、手足をバタつかせて渾身の力でバジルを押しのけようとする。すると、先刻までびくともしなかったバジルの身体が藁のように軽く吹っ飛んだ。

「なっ、なんだ……」

尻もちをつき呆気に取られるバジルを後目《しりめ》に、コーディリアはうさちゃんを腕に抱く。そのまま、脱兎の如き敏捷《びんしょう》さで部屋から飛び出した。

「おい、待て！　コーディリア！」

コーディリアは裸足《はだし》で飛び出してきたことも忘れて、はあはあと息を乱しながら長い回廊を一気に駆け抜けた。螺旋階段を下りて玄関ホールの柱廊の物陰に身を潜めていると、ちょっとご機嫌斜めなうさちゃんが抗議の声を上げる。

『ディリィ、私、悔しいわ！　あいつったら、ずっとディリィの寝顔を見ていたのよ。気持ち悪いったらありゃしない！　たぶん、今日だけじゃないわよ、合鍵で入ってきたもの！』

そんなに以前から、寝顔を覗かれていたのかと思うとぞぞっと怖気が走る。

「コーディリア！　どこだ！　出てこい！」

頭上からバジルの怒声が聞える。もう彼の声を聞くのも、同じ空間に存在しているのも嫌だった。

「……帰りたい」

コーディリアは力なく項垂れると、微かな声で弱々しく呟いた。

「……お兄様のもとへ帰りたい。ウィトリンのお城へ帰りたい」

コーディリアはやわらかな手触りのうさちゃんをきつく抱きしめた。さっきまでの、一人で頑張ろうと気持ちもみるみるうちに萎《しぼ》んでゆく。今はただ一目でいいから兄に会いたいと、思慕の念が湧き上がるだけであった。

『いいわよ、可愛いディリィ。大好きなお兄様のもとへ帰してあげる。ここから堂々と出ていっても大丈夫。あの無礼な小僧はディリィを捕まえられないわよ』

コーディリアはうさちゃんに励まされるように、物陰からそっと這い出して玄関に向かって一目散に駆け出した。ふと、次の瞬間、コーディリアの身体は重力から解き放たれ、羽のように軽くなっていた。

「そこか！」

バジルは猛然と突進してきたが、身のこなしが軽やかになったコーディリアに触れることさえできない。コーディリアはバジルの追跡を振りきって、正面の玄関から飛び出した。疾《しっ》風《ぷう》の如く駆け抜けるコーディリアを、その場に居合わせた従僕たちも呆気に取られて見ているだけだ。

「すごいわ！　風の妖精みたい！」

まるで羽ばたいているように、何もかも自由だった。もう、コーディリアの意思で足を動かしているのではない。魔法の力に操られるかのように、コーディリアは疾走する。裸足で雪道を走っているのに、寒さも痛みも感じなかった。

（帰りたい、ウィトリンのお城へ。帰りたい、お兄様のもとへ）

念頭にあるのは、その一心だった。コーディリアは雪が舞い散る暗闇をひたすら駆け抜けた。

月の明かりが照らす夜道をどれくらい駆け抜けただろう。

城館へと続く馬車道はガス灯もなく、道に残る轍《わだち》も白い雪に埋もれてしまっていた。木々が生い茂る白い路地を駆け抜けると、遠くにランタンの明かりが星のように瞬いていた。真っ白な雪の中に、真っ黒な外套《がいとう》を纏った兄の後ろ姿を見つける。

「お兄様！」

「コーディリア……？」

まるで幽霊にでも出会ったようなぎょっとした顔をしている。だが、無理もなかった。今のコーディリアの格好ときたら、ワンピースはボロボロ、振り乱した髪はぼさぼさ、おまけに素足は泥で汚れている。こんな夜道で出会ったら、幽霊以外の何物でもないひどい有様である。

「……帰ってきちゃった」

「乱暴されたの？」

底知れぬ暗さを孕んだ兄の翡翠の瞳は、今にも壊れてしまいそうだった。自分が傷つくと、兄はそれ以上に傷ついてしまう。硝子細工のように繊細に震える兄の瞳に見つめられると、愛で胸が痛くなる

「……されそうになって、逃げてきたの」

アーネストは辛そうに瞼を閉じた。

「ああ、なんでお前を一時でも手放そうなんて思ったんだろう……」

アーネストは黒い外套を脱いで、痛々しい姿の妹の肩にそっとそれを羽織らせた。やさし

さに安堵して、兄のためにそのもとを去ろうとした決心も脆《もろ》く崩れ去る。

「お兄様。私をウィトリンへ連れて帰って」

「ああ。もう、どこにも行かなくていい……」

咽喉から絞り出すような低い声は、いつもより男らしく感じられた。逞しい腕が冷えた小さな身体を抱き留め、次第にぎゅっと力が籠る。氷さえ解かす兄の熱い抱擁に、コーディリアの頬に堰を切ったように涙が流れだす。

「ごめんなさい！　私、お兄様に迷惑ばかりかけて……」

コーディリアはわっと叫んで、嗚咽《おえつ》に咽喉を詰まらせた。アーネストは背中に回した手にさらに力を込める。

「お前のせいじゃない……コーディリアは何も悪いことなんてないんだ」

気休めじゃない言葉が心に染みた。だが、愁いを帯びた兄の眼差しはどこか謎《なぞ》めいて、心だけここととは違う別の世界をさまよっているようにも見えるのだった。

「さあ、帰ろう。ほら」

長い抱擁の後、アーネストは腕をそっと解くと、背を向けてしゃがみ込んだ。

「えっ？」

まさかとは思ったが、そのまさかだった。

「おんぶだよ」

子どもじゃないんだから。コーディリアがさすがに恥ずかしげにもじもじしていると、アーネストはいつものやさしい兄の顔に戻ってにっこりと微笑んだ。

「その足じゃあ帰れないだろう？　大丈夫、誰も見ていないよ」

「うん……」

コーディリアは黙って兄の背中に覆い被さり、ぴたりと身体を預ける。懐かしい兄の匂いを胸に吸い込むと、捕食者から逃れようとする小動物のように過敏になっていた神経が、ほっと安堵に緩んでゆく。寒い雪道もこうして兄と身体を寄せれば、心まで温かだった。

（お兄様とずっと一緒にいたい。それが叶うなら何もいらない……）

コーディリアは声にならない願いを切なげに呟いた。そして、くたびれ果てたせいかアーネストの背の温もりを感じながら、いつのまにかうつらうつらと眠りに落ちていってしまった。


最悪の事態は免れたと知ってアーネストは慰めを得るものの、この先も同じことが繰り返されるのではないかという危惧《きぐ》は、もはや確信に変わっていた。

規則正しく寝息を立てているコーディリアの安らかな寝顔を見つめていると、残酷な運命にやりきれなくなってしまう。

（そう、ディリィのせいじゃない……）

高貴なる夫の目を欺き、兄と妹で愛し合って子まで生した両親の罪の血の為せる業。禽《きん》獣《じゅう》のように血を分けた妹と交わり、禁断の肉に溺《おぼ》れる。この、淫蕩《いんとう》の相はアーネストにも確実に遺伝していると思われるのだった。

その、人の心をとろかすような妖しい魔性は、堕落した人間を惹きつけてやまない。だから、宿無しになって貧民街へ逃げ込んだ折も、アーネストはその才能をいかんなく発揮した。上品で見目麗しく、女心に取り入るのが巧みだったアーネストは、あっというまに高級娼婦たちのお気に入りとなった。彼女らの愛玩《あいがん》動物になることで享楽と贅沢を知り、そのおこぼれでコーディリアを食わせることができたのだった。

(もうディリィも両親の犯した罪の報いから逃げられないのかもしれない……)

アーネストにまといつく闇が一層、濃くなる。

これまで、厳しい修業に耐え、自堕落な生活を悔い改めて、清く正しく敬虔に神を敬うようになったのも、ひとえに両親の犯した悪徳の報いからコーディリアだけでも救いたいと願ったからに他ならない。

(このまま大人になって世間に出れば、こんなに美しい娘だ。たちまち罪の匂いを放つ花に毒虫たちが群がり享楽の餌食となるだろう。あっというまに可憐な花も萎んで、枯れ果ててしまうんだ……僕が誰よりも慈しんで、愛した花を……)

このまま、大人になんてならなければいいのに。時間なんて止まってしまえばいいのに。

コーディリアのあどけない寝顔は、胸が痛くなるほど可愛らしかった。

アーネストは僧衣の内ポケットから硝子の小瓶を取り出した。中には古代より苦しまずに死ねる毒薬として知られている、ヘムロック、アヘン、トリカブトの混合薬が入っている。裏庭で人知れず栽培したものだ。

(なんだか疲れた……色々なことに……)

この三年、吸血鬼になってしまったコーディリアは吸血衝動を起こすたびに、化け物になってしまった自分を滅してほしいと願った。清らかな魂が不浄の身体の中で苦しんでいるのが痛ましく、何度、その小さな胸に銀の杭《くい》を打ち込んで、自分も後を追おうと思ったか知れない。だが、愛する妹のいなくなった地上に留まっていることは一秒たりとも耐えがたい苦痛だった。

——コーディリアはお前の呪いだ。早く手放すことが、お前のためでもあり、あの娘の幸せのためでもある。

ふと、師匠の厳しい言葉が脳裏に蘇る。

(でも、本当は僕自身がコーディリアの呪いなんだ……)

言葉では兄らしくごくありきたりの幸せを望んでいるなどと口にするくせに、そのくせ本心では狂気のような妄執で妹を手放したくないと思っている。

愛すれば愛するほど泥沼に沈み込んでいく皮肉。それもまた運命なのかもしれない。

アーネストは手の中で弄んでいた小瓶を虚ろな目で眺めていた。それに、終わりの見えない自分たちの未来が映し出されていると言いたげにして……。

八章　とまらない転落

しんしんと雪はずっと降り続いていた。凍りついた窓硝子には霜《しも》の花がびっしりと張りついている。外に見える庭は真っ白、藪には雪が綿帽子のように降り積もって、枝は彫刻のようにキラキラと凍りついていた。

アーネストは年末年始の休暇中だ。だから、今日はずっと暖炉の前に陣取って、読書をしながらのんびりと過ごしていた。膝にはコーディリアからのクリスマスプレゼントであるブランケットが広げられている。雪の結晶柄は今日の天気にぴったりだ。

あれからアーネストは、心配するミランダとミドルトン家には、妹はホームシックになったので新学期が始まるまでここで過ごすということを如才なく伝えた。バジルの悪行のことはミドルトン家には伝えていないが、縁談は角が立たないように断ってくれた。元々、バジルは少々、やんちゃというか今時の無軌道な若者といったところがある。大奥様もアーネストの言わんとするところに何か察したのか、すんなり了承してくれた。

だが、バジルが自分たち兄妹の秘密を口外でもしたらと思うと、コーディリアは一日とて気が休まることはなかった。

「私は何をどこまで口走ったのかしら？　でも、どうしても思い出せないの……」

長椅子に腰掛けていたコーディリアが不安げにクッションを抱えると、隣に座っていたアーネストはそれを落ち着かせるように細い肩にそっと手を置いた。

「彼が何を言おうと、何も証拠がないことさ」

アーネストは何事にも動じた様子はない。この離れていた数か月の寂しさを埋めるように、ただ穏やかにコーディリアの傍らにずっと寄り添っていてくれる。

「でも、あのことがみんなに知れたら……」

兄はせっかく過去の忌まわしい事件から立ち直って、信頼される立派な神父様になったというのに。また、誹謗《ひぼう》中傷で傷つけられるようなことがあったらと思うと、どうしても不安で気持ちが沈んでしまう。

「裁判で正当防衛が認められたのだから、僕の過去にやましいところは何もないよ。それに、学生寮の審査にも通ったし、新学期になればまた何もかも元通りさ。嫌なことは……もう、忘れよう……」

アーネストはやさしい声色をいっそう穏やかにして、コーディリアをいたわろうとする。

「うん。そうね……」

どんなに傷ついても、これまでだってそうやって生きてきたのだ。まだ、ショックから完全に立ち直ったわけではないが、アーネストのやさしささえあればどんな心の傷だって癒される。

窓の外には神聖さを感じさせる、一面の銀世界が広がっている。

「雪って綺麗だね。心の汚れさえ覆い隠してくれそうだ」

「そうね」

温かい暖炉の前で二人は寄り添って、静かに窓の外の美しい景色を眺めていた。

「そろそろ、お茶にしましょうか？」

コーディリアの提案に、アーネストはうんと相槌《あいづち》を打って微笑んだ。

今日は冷えるからスパイス入りの濃いミルクティー、それともココアもいいかもしれないなどと迷っていると、ふいに玄関の呼び鈴が鳴った。

「こんな、雪の日に誰かしら？」

アーネストも心当たりがないらしく、不思議そうにしていた。

「僕が出るから、コーディリアはお茶の支度をしておいで。もし話が長くなりそうだったら、頃合いを見て温かい飲み物を出してくれないか」

「ええ」

こんな日に、わざわざ司祭に急用となると、村の誰かが危篤《きとく》なのかもしれない。コーディリアは急いでお茶の支度に取りかかる。一通り支度が終わると、来客に悟られぬよう応接室をわずかに開けて中の様子を窺う。だが、コーディリアは客の姿を見て、小さな稲妻にでも打たれたかのようにその場に固まってしまった。

「あの人……！」

あの赤い法衣の男、異端審問官のカリエールだ。一体、何用かと緊張が走る。

「失礼します」

コーディリアはティートレイを持って、恐る恐る中に入る。アーネストの顔色はひどく冴えなかった。

「やあ、お嬢さん。またお会いしましたね」

鋭利な刃物のような顔の割に、纏いつくような粘着質な声だった。カリエールはコーディリアとアーネストの顔を交互に見ていた。何かを観察するような、罪を暴くような、冷徹な視線である。ヴァレンタインの残した警告を思い出し、コーディリアはひどく胸騒ぎがした。

「コーディリア。こちらはカリエール枢機卿《すうききょう》。僕らはとても大事な話があるから、ちょっと二人きりにしておいてくれないかい？　他の来客があってもお待ちいただくようにしてくれ」

ぱたんと黙って扉を閉めるが、何を話しているのか気になってしょうがない。

社会的な立場でいえばカリエールは枢機卿で、ヴァレンタインはお尋ね者だ。どちらを信用するかは聞くまでもない。だが、コーディリアはヴァレンタインがそんなに悪い人間には思えなかった。今は亡きエンデスル神父や兄と同じ、魂の清らかさを感じさせるからに他ならない。

トレイを戻しにキッチンへやってくると、ままごと用のヴィンテージグラスを傾けているうさちゃんと遭遇した。

「また飲んでいたの？」

『そうよ。ディリィの作ったベリー酒、結構美味しいわ』

バジルの魔の手から逃れられたのはひとえにうさちゃんのお陰だ。今ではなんでも彼女の望むままに厚遇して、彼女の好物の果実酒をコーディリアはせっせと製造している。それに、はちみつや小麦粉で作った素朴なお菓子、薔薇の花びらの砂糖漬けなども食べる。そうして、飲食を嗜《たしな》むうちに、うさちゃんはだんだん本物のうさぎ、それ以上の生き物のように振る舞うようになった。今では城館を自由に歩きまわっている。

小さなぬいぐるみがトコトコと歩く姿はたいそう愛らしく、コーディリアはますますうさちゃんに夢中になってしまった。今では二人の関係は、友だちから親友に昇格した。だが、アーネストがこのことを知れば、最悪、消滅させられるかもしれない。今のところ、何も気がついている様子はないが。

「お兄様がここにいらっしゃる時は、部屋でじっとしていてよ」

『大丈夫よ、ちゃんと用心しているから。ところでディリィ、どうしたの？　冴えない顔しているわね？』

「なんだかよくないことが起きそうで怖いの」

私も連れていってと言ううさちゃんを抱きかかえて、召使い用の連絡通路を伝って応接室にやってきた。暖炉脇の衝立《ついたて》の陰に隠れて、息を詰めて二人の会話に耳を傾ける。ずっとヴァレンタインの消息について問答をしていたが、アーネストは気のない返事を繰り返していた。すると、カリエールは、急に別の話題を切り出した。

「あの男の聞き込みを続けているうちに、この城館に関する奇妙な話を聞きました。それは、幼い少女がこの城館を訪れると眠気が襲って、家に帰ると首筋に鬱血した傷痕が残っているという話です。ここの村人は吸血鬼の仕業などと言っているようですが、フレミング君、貴方には心当たりがあるのではないでしょうか？」

「なんのことでしょう、正直、当惑しております」

カリエールの鋭い眼光が、銀縁眼鏡の奥で光った。

「私は少女たちの親御さんに医師の診断を受けるように勧めました。ほとんど拒まれましたが、むしろお嬢さんの潔白を証明したいと同意してくださるご家庭もありました」

ここで言う、医師とは婦人科医のことなのだろう。兄がそういう意味で疑われていると知ってあ然とする。

「それで？」

アーネストは弱みを見せまいと、淡々とした態度を崩さない。

「診断を受けたお嬢さん方に虐待の痕跡《こんせき》は認められなかったということです」

「あたりまえです」

アーネストは努めて冷静に受け答えをする。

「ええ、ですが私は異端審問官の勘とでも言いましょうか、貴方の周辺を調べさせてもらうことにしました。そこで最近、あのお美しい妹さんに関する証言を得たのです。証言者の名は秘しますが、社会的に立場のある紳士のご子息とだけ申しておきましょう」

「……っ！」

兄のはっとする衝撃が伝わってくるようだった。

「貴方が妹さんを性的に虐待している疑いがあるという証言です。その方は裁判を起こしてでも、妹さんを助けたいとおっしゃっておりました」

「馬鹿な！」

アーネストはガタンと音を立てて、思わず椅子から立ち上がった。バジルが兄を破滅させようとしていることを知って、コーディリアは一瞬、目の前が真っ暗になる。そして、次の瞬間、燃え上がるような激しい憤りを感じた。バジルが自分にしようとしたことを思い出し、許せないと悔し涙が出てきそうになる。

「私もまさかとは思います。しかしこのような訴えを聞いた以上、審問官としては放置しておくのは好ましくありません。そこで、提案なのですが、妹さんも医師の診断を受けられてはどうでしょうか？」

アーネストは火のような怒りを、ぐっと押し殺しているようだった。

「そんな必要はありません！　そんな、不確かな証言だけで妹を侮辱されるとは心外です。いかに枢機卿のお言葉とはいえ、とうてい承服できるようなことではありません！」

「本当に潔白なのなら、証を立てるべきではないのでしょうか？」

アーネストの動揺に罪の証左を見出《みいだ》したのか、カリエールは口角を上げうすく笑った。コーディリアには、まるで兄が見えない蜘蛛《くも》の糸にからめとられてゆくように思えた。

「それから、聖堂で私は興味深いものを見つけましたよ。聖なる空間に相応しからぬ、染みの跡、といえばおわかりになりますか？」

この男は地べたに這いつくばって、聖堂の絨毯の匂いでも嗅いだのだろうか？　でも彼ならやりかねないような気がした。ヴァレンタインの警告を思い出し、コーディリアは顔面蒼白になる。

アーネストはじっと立ち尽くしていた。重い沈黙が落ちる。

「フレミング君のような若くて、仕事熱心で、真面目な聖職者に限って、何かの弾みで信仰の道を踏み外してしまうことは、よくあるとはいえ残念なことです。あの男、ヴァレンタインとここでは名乗っていたようですが、あれも元はといえばそうでした」

もはやこちらから何かを語りかけることは、執念深いこの審問官に余計な嫌疑を抱かせるだけとアーネストは口を噤んでいた。

「我々、異端審問官の使命は聖職者の処罰ではなく更生です。フレミング君がしかるべき更生カリキュラムを受けるのなら、私もこれ以上の深入りはやめましょう。煉獄でカリキュラムを受けている間は聖職者としての身分も保証されます。貴方は転属という扱いになり、世間体も守られる」

「拒めばどうなるのです？」

「今は私の胸の内にあるだけの話です。ですが、フレミング君、私には見つけ出せない罪など何もないのですよ。これ以上、証拠を探し続ければどうでしょう？　このような小さな村では噂が広がるのも早いでしょう。そうなれば、醜聞を恐れる村人のこと、真相はさて置き、主任司祭を免職されることは間違いないでしょう。可愛い妹さんが人々のそしりを受け迫害される前に、私の提案を受け入れることをお勧めいたします」

　そう言い終わると、もはやアーネストが罪を認め自分の提案に従うことを確信しているようだった。カリエールは出された紅茶を余裕たっぷりに飲み干すと、城館を後にした。


「終わった……」

　チェックメイトだと、アーネストは茫然自失となっていた。

「お兄様、行っては駄目よ！」

コーディリアは物陰から飛び出すと、泣き出しそうな顔で兄に駆け寄った。

「コーディリア……聞いていたのか？」

もはや盗み聞きを咎める気力もないようで、アーネストは長椅子にもたれかかると、ぐったりと項垂れていた。紙のように白い顔をして、唇は青ざめている。

「お兄様……私、みんなに本当のことを告白するわ。私は吸血鬼だったって！」

アーネストは血相を変えて、コーディリアの肩を掴んだ。

「馬鹿を言うんじゃない！　この村の人たちはとても迷信深いんだ。お前、生き埋めにされちゃうよ！　それに、吸血鬼の幽霊が憑依していたなんて、誰が信じるんだい？　奇怪な真実よりも、僕が性犯罪者だという方が、よっぽど説得力があるだろう？　カリエール枢機卿もそう信じ切っているようだった。僕が無力なに子どもに、そんなひどいことをするはずないのに……」

アーネストは天を仰いで、ぎゅっと苦しげに左胸を押さえた。ずっと、身寄りのない子どもだった自分たちは世間の無慈悲さ、大人の身勝手さに傷つきながら生きてきた。そんな兄だから、幼い少女を弄んだなどという濡れ衣は何よりも堪えるのだろう。コーディリアも同じ痛みを感じていた。

「お兄様は何も悪くないの！　みんな、私のせいよ。やっぱり、私が罪を償《つぐな》うべきなの。生き埋めになっても、石をぶつけられてもいい。だから、お兄様は謂《い》われのない罪に屈するのはやめて！」

コーディリアは頰を逞しい胸にぎゅっと押しつけた。

「いや……やっぱり、僕が悪いんだよ」

「お兄様は悪くないわ！」

「お前を抱いたのは事実だ」

「それは、治療のために仕方がなく……」

すると、アーネストは息苦しそうに目を伏せた。眉根をぎゅっと辛そうに寄せると、長い睫毛が微かに震えていた。それは、いつもの穏やかでやさしい神父の兄でもなければ、あの晩の夢の王子様のような兄とも違う。

「……そうじゃない。僕はね、ディリィが欲しくて抱いたんだ」

アーネストの思いがけない言葉に不意を突かれる。面を上げたアーネストは、ひどく思い詰めた顔をしていた。繊細で傷つきやすい少年を思わせる兄の顔。これが、おだやかな笑顔の仮面の裏に隠された、ありのままの兄の顔なのだ。涙さえも引っ込んだコーディリアは不可解そうに兄の顔をじっと見上げる。

「お前が気持ちを打ち明けてくれたのに、僕はずっとはぐらかしてきたね。僕だって、お前を愛していたよ。あの晩よりもずっと前から、ただの兄としてじゃなくて……」

「嘘……」

か細い声でそう呟くと、一瞬、頭が真っ白になった。制止した時間の中で、胸の音だけがトクントクンと響いている。

「嘘じゃない。妹であることは変えようのない事実だけど、それだけじゃない思いをずっと感じていたんだ……」

アーネストの視線が切なげに絡みつく。

「僕の愛しいディリィ……」

「あっ……」

怖いくらい真摯な兄の顔が正面から近づいて、唇と唇がそっと重ねられる。それは、まるで婚姻の誓いのような神聖さを思わせる口づけだった。長い口づけの後、私も愛しているという言葉の代わりにポロリと大粒の真珠のような涙が零れた。

「……悪魔のような、ひどい兄だと思っている？」

コーディリアの流す涙の意味を、アーネストは痛みと切なさが入り混じった顔をして問いかけた。コーディリアは大きく首を横に振った。

「そうじゃないの……嬉しくて……ずっと、片思いだって思っていたから……私、今とても幸せよ。ううん、今までもずっと。私はお兄様が傍にいてくれたから、何があってもずっと幸せだった」

するとアーネストはひどく悲しげな目をして、わななく唇を嚙み締めた。

「幸せなものか！　こんな、僕に愛されて……実の兄に、抱かれたんだぞ！」

アーネストは怒りとも、悲しみともつかない壊れそうな目をしていた。

「あの晩、お兄様が、ただのお兄様じゃなくなってしまって、私は初めて愛することを知ったの。今までの守られているだけの妹じゃなくて、お兄様のためならなんでもできるって思えるようになったのよ」

コーディリアは小さな手をうんと伸ばした。硝子細工のような繊細さで粉々になってしまいそうな兄を、愛おしさで包み込もうとする。

「うっ……くっ……」

すると、自分の腕の中で、顔を伏せた兄が泣いていた。考えてみれば、アーネストがコーディリアの前で涙を見せたのはこれが初めてだった。ずっと、心が凍りつくような人間の醜さに翻弄されて、たくさん辛い思いをした兄だったが、涙など決して見せなかった。

「お兄様、ごめんなさい……ずっと、一人で苦しい思いをさせて」

コーディリアはしかと兄を抱きしめる。

「ディリィ、ごめんよ……僕は最低で、どうしようもない男なんだ！」

ごめん、許してくれと、アーネストは何度も何度も、針の飛んだレコードのように繰り返した。自分の腕の中で苦悶の表情を浮かべ崩れ落ちる兄を、コーディリアは子どもをあやすようにしてやさしく撫でていた。

「私、生まれてきてよかったわ。お兄様の妹で幸せよ。それに、お兄様に心から愛されて、特別な絆《きずな》で結ばれたんですもの」

コーディリアは偽らざる気持ちを素直に伝えたかった。コーディリアが天使のように微笑むと、その澄んだ緑の瞳、穢れなき美しさに、アーネストははっと息を呑む。

「ああ、ディリィ。僕は、僕は……本当にすまない！」

アーネストはポケットから透明に光る硝子の小瓶を取り出した。それを間髪容れずに、暖炉に投げ込むと、ジュッと激しい音がした。一瞬、ゆらめく紫炎が湧き上がる。

「何を捨てたの？」

「僕の、弱い心かな……？」

そう言って振り向くアーネストの表情から、迷いは拭い去られていた。

「僕はカリエール枢機卿の勧めに従うことにする」

「えっ！」

ああ、そうだったのかと、コーディリアは初めて合点がいった。

兄がずっと胸にしまっておいた想いを打ち明けたのは、これで本当にお別れのつもりだったからだったのだ。コーディリアは気が動転し、爪が白くなるほどきつく、アーネストの胸元のシャツを握り締めた。

「そんなの、ダメ！　いけないわ！　ヴァルさんが言っていたもの、ついていったら死んだ方がいいって思うくらいひどい目に遭うって！　お兄様は何も悪くないのに！」

「正しいか、正しくないかなんて関係ないんだ。彼は自分の権力を維持するために処罰する聖職者が必要なだけなんだ。中世の魔女裁判のようにね」

何もかもわかっていると言いたげな兄の言葉に、コーディリアはほんとうに神様なんていないような気になった。

「取引に応じなければ、お前の将来に傷がつく。僕はね、あの悪魔のような養父を殺してしまった時に、決して贖《あがな》うことができない罪を背負ってしまったんだよ」

すべてを諦め、もはや観念したような口ぶりにコーディリアははっとした。

「いくら、正当防衛が認められたって、この血塗られた罪は消えることはないんだ。思えば惨めな人生だったよ。孤児院では畜生のように鞭で打たれて、あの悪魔には一生タダ働きの奴隷にされそうになって。行く当てがなくなってからは娼婦の犬になって金をせびってみたりしてさ……」

「あっ……」

咽喉が詰まって、言葉が続かない。なんて自分はお気楽で、愚かだったのだろうと。兄がそんな身を削るようにして生活を支えてくれていた時に、コーディリアは人が怖い、大人の男が怖い、と泣いて毛布を被って震えていただけであった。どんな思いで今日まで兄が生きてきたのか、まるで理解していなかった。消えることのない悲惨な過去。それに喘ぐ兄の苦悩を知って、コーディリアの胸はなまりのような塊で塞がれた。

「ごめんなさい、私、何も知らなくて……みんな、私のせいで……」

コーディリアは腕に力を込めて、バラバラに崩れてしまいそうになる兄を懸命に抱き締めようとした。アーネストは健気な妹の小さな手に、自らの手のひらをそっと重ねた。

「……でも、それもお前のためだったと思えばどうってことないんだよ。お前の笑顔だけが、惨めな僕の人生を最高に幸せなものにしてくれたのだから。なんで生まれてきたんだろうと思うこともあったけれど、お前と出会えて幸せだったよ」

アーネストが切なく、そして美しく微笑むと、コーディリアの胸も切なく軋んだ。瞼の裏側がじわっと熱くなり、唇がわななく。

「だから、最後も僕の思った通りにさせてくれ。僕はお前を守りたいんだよ。たとえ命に代えても」

覚悟を決めた凜とした横顔、透徹《とうてつ》とした瞳。もはや、どんな懇願をしても引き留めることはできない強さが宿っていた。本当にお別れなんだと、コーディリアは涙でぐちゃぐちゃになった顔を上げた。

「ほら、泣きやんで。可愛い顔が台無しだよ」

そういってハンカチで顔を拭う兄は、いつものやさしい神父の顔になっていた。アーネストは身につけていた銀のロザリオをコーディリアの首に下げた。

「これからは、これを僕だと思って。いつでも、どんな時でもお前を見守っているからね。一人で生きていると、心を踏みにじられるような辛い目にいっぱい遭うかもしれない……でも、僕は信じている。お前の強さと、心の清らかさを。くじけないで、一生懸命生きていればいつかきっと、お前を心から理解してくれる人ときっと巡り会えるって……僕とエンデルス先生のようにね……」

コーディリアは零れ落ちそうになる涙を懸命に堪えながら、胸のロザリオをぎゅっと握り締めた。

「私、どんなに辛くてもお兄様に大切に守ってもらって、心から愛されたことを忘れない……絶対にくじけない、約束する……」

「ああ……」

短い返事に切ない思いのすべてが込められる。もう、二人に言葉なんていらなかった。同じ緑色の悲しくてやさしい瞳で見つめ合っただけで思いが以心伝心する。兄妹はお互いの顔を見つめ合って、瞼に愛おしい面影を焼きつけようとした。別れの運命が刻一刻と迫っていた。明日なんて来なければいい。時が止まれば……そう、願わずにはいられなかった。

その晩、離れがたい兄妹は寝所を共にしていた。アーネストは眠りにつく愛おしい身体に、以前のような情熱に浮かされて触れるような真似はしなかった。それでも、愛し合う恋人同士となった二つの心臓は、間違いなく一つに鼓動していたのである。

「ねえ、お兄様、なんだかおかしくない？」

深夜、コーディリアは寝苦しさに目を覚ました。額にかいた汗のせいで、髪が貼《は》りついている。冬の石造りの城館がこんなに蒸し暑いなんて妙である。隣で眠っているアーネストも寝苦しそうに、額にべったりした汗をかいていた。コーディリアは兄の身体を揺り動かした。

「うん……」

アーネストは額の汗を拭いながら、徐々に意識を取り戻す。

「確かに……何か不穏な気配がする」

兄の表情が急に険しくなる。アーネストが扉を開けると、さらなる熱気が部屋に流れ込んだ。すぐに、扉はバタンと音を立てて閉じられた。

「どうしたの？」

「燃えている……」

アーネストは愕然として、何度も信じられないと呟いた。コーディリアが恐怖のあまりわっと悲鳴を上げそうになると、アーネストはそれを落ち着かせようと肩を強く抱いた。

「この城館には逃げ道がたくさんある。どこかから逃げられるはずだ」

アーネストは沈着冷静に状況を分析し、テキパキ指示を下す。アーネストは花瓶をひっくり返し、引きちぎったシーツを水で濡らすとコーディリアにそれを渡した。

「さあ、口にこれを当てて、煙を吸い込んじゃだめだ。絶対に僕から離れるなよ」

「うん……」

コーディリアは差し出された兄の手を、震える指先できゅっと摑んだ。


屋敷はすでに業火に包まれていた。長廊下の壁一面を炎が舐めている。

一階の玄関ホールへ繋がる螺旋階段から火の手は侵入しているようだ。召使いの用の連絡通路や、外部への脱出口はすべて地下を通らなくてはならない。つまり、逃げ場を失ったということである。壁に飾られた額縁は熱で湾曲し、油絵は醜怪に溶けだしていた。その匂いにうっと息が詰まる。背後からどんどんと激しい音がして煉瓦が崩れ落ちた。

「ここはもうだめだ！」

二人は炎を逃れるために、二階の廊下の奥へと追い詰められていった。

「一体、なぜ、火が上がったのだろう？　火の元になるようなものは、何もなかったのに……誰かが放火したとしか思えない」

じりじりと炎に炙《あぶ》り出されそうになり、アーネストも正気を失うほど恐ろしいはずだ。だが、何かを考えることで、まともさを保とうとしている。

「でも、誰がそんなことを？　ひょっとして、カリエール枢機卿が？」

コーディリアは真っ青な唇をして、歯をガチガチと鳴らしながらも懸命に、兄の問いに答えようとした。アーネストは首を横に振った。

「そんなことをして彼になんの得がある？　彼の目的は僕を告発することだ。こんな、人知れずに罰したのでは、彼の成果にはならないだろう？」

二人は宙に舞う灰の中を咳《せ》き込みながらかい潜ると、二階の奥にあるコーディリアの私室に辿り着いた。真鍮《しんちゅう》のドアノブはひどく熱く、シーツで包みながら扉を開けねばならなかった。

「最悪、バルコニーから飛び降りよう。骨折するかもしれないけど、このまま焼け死ぬよりはましだ」

「そっ、そうね……」

普段、心配りの行き届いたアーネストがこんな時に焼け死ぬだなんてデリカシーに欠けた言葉を口にするなんて、そうとう気が動転している証拠だ。城館全体に火の手が回った以上、ここもそう長くはもたないだろう。コーディリアがゴホンと何度も苦しげに咳き込むと、アーネストはバルコニーに歩み寄った。

「飛び降りよう！」

だが、カーテンを捲り上げると、窓の外は紅蓮《ぐれん》に染まっていた。もはや、窓から飛び降りることも不可能なようで、このままでは炎に巻かれる前に、酸素不足になるか、蒸し焼きになるか二つに一つしかないように思われた。

「ここもだめだ……」

アーネストが窓からふらふらとした足取りで離れようとすると、何かに躓《つまず》いて危うく転びそうになった。窓の下の影になっているそこに、よく目を凝らしてみると、赤い絨毯に赤い法衣の男が倒れていた。首筋から赤い血を流し、瞳孔《どうこう》が開いている。どこよりも安心できたはずの自分の部屋が、今は赤い炎に包まれて、何もかも不吉な赤で染め上げられている。

「いやぁ、きゃぁぁああ！」

恐怖が限界点に達したコーディリアは、かな切り声を上げ続けた。

「ディリィ、しっかりしろ！」

アーネストは崩れそうになるコーディリアの頬を軽く打った。カリエール枢機卿の傍らには、レースのドレスを着た愛らしいうさぎのぬいぐるみが、足をちょこんと投げ出して座っている。だが、ビロードのやわらかな口元は血で汚れ、ビーズの瞳は妖しく虹色にきらめいていた。

「あっ……あなたの仕業なの……？」

恐怖で歯をガチガチさせるコーディリアの問いかけに、うさちゃんはぬいぐるみにしては不自然なほど人間らしく微笑んだ。その無理のある歪みが、この上もなく恐ろしい。

「お前は、吸血姫！」

うさぎのぬいぐるみに宿る正体に、アーネストはすぐに勘づいたようだった。

「お久しぶりね、アーネスト。貴方ってひどいわ。私の前の身体を灰にしちゃっただけでなく、ディリィの中からも私を追い出してしまうんですもの。それに、突然あんなものを注ぐなんて。別に怖くはないけれど、びっくりしてディリィの身体から飛び出しちゃったじゃない。次々に住処《すみか》を追い出されて、お陰でこんなうさぎちゃんのぬいぐるみの中で暮らすことになってしまったのよ」

大輪の薔薇が咲き誇るような妖艶な微笑を浮かべて、ホホホと歌うように笑った。アーネストは庇うようにしてコーディリアを自分の背に回らせた。

「これは、お前の仕業なのか？」

アーネストは絨毯に突っ伏しているカリエールを一瞥した。

「そうよ。でも、そんなに怖い顔をしないで。私は貴方たち兄妹のために働いただけよ。今はいがみ合っている場合じゃないと思うのだけど？」

うさちゃんはトコトコとコーディリアの足元へやってきた。

「ひっ」

コーディリアは恐怖に顔を強張らせ、息を呑み込んだ。ナイトガウンから覗く脚に、ふわふわしたぬいぐるみのやわらかな手が纏わりつく。ぞっと全身に悪寒が走った。

「ねえ、ディリィ。私たち親友よね？　私、ディリィが焼け死んじゃうなんて嫌よ。あなたとお兄様を助ける、とっておきの方法があるの。本当はディリィが素敵なレディになるまで待っていたかったのだけれど、非常事態だから仕方がないわね」

「どうするつもりだ？　ディリィの身体を奪う気か？」

うさちゃんは、ふんと鼻を鳴らした。

「奪うだなんて、人聞きの悪い。ただ、私と一つの魂になるの。ディリィとだったらそれができそうな気がするのよ。ねえ、その感じの悪い十字架を胸から外してくれない？　そうしたら、ディリィと私は双子のように一つになれるの。お兄様だって焼け死なずに済むのよ」

アーネストは眉間に皺を寄せて、不快感を露わにした。

「ディリィ、耳を貸すな。こいつはつまり、お前の身体を乗っ取って、僕には吸血鬼としての偽りの命を与えようって提案しているんだ。先生のロザリオを外しちゃダメだよ、こいつはこれがすごく怖いみたいだから」

「ええ……ええ……」

コーディリアは恐怖に顔を引き攣らせ、兄の言葉にガクンガクンと頷いた。熱気はますますひどくなり、有毒の霧も扉の隙間から入り込んだようだ。二人はゴホンと息苦しそうに咳き込んだ。気がつけば、ついに扉が炎に包まれていた。もう、外側が全部焼けてしまったのだ。炎のゆらめきは絨毯に広がった。舞い上がる火の粉を、コーディリアはぽかんと呆けた顔をして眺めていた。

住み慣れた部屋はさながら燃え盛る地獄のような光景になった。

「ディリィ……こっちへ……」

アーネストも最後の時が来たことを覚悟したのか、コーディリアを胸にしっかりと抱き寄せた。自分の提案に耳を貸そうとしない二人に、うさちゃんは大いに慌てていた。

「お馬鹿さん！　二人で焼け死ぬつもりなの？　こんな愚かな振る舞い、私には理解できないわ！　ねえ、アーネスト！　なぜ、本当の気持ちに背を向けて、私ばかりを悪者扱いするの？　私、知っているのよ。本当はあの方法じゃなくても、私をディリィの身体から追い出せたって。そして、あなたがその方法に気がついていることもね」

「黙れ！」

アーネストは憤怒し、厳しい非難の目を向けた。

「だけど、ディリィを手放したくないあなたは、ずっと嘘をついていたんだわ。泣いているディリィを誤魔化すために、気休めに間違った治療を施しては、次は、きっと正しい方法を見つけてみせるとかなんとか言いくるめてね。でも本当は、あなたはディリィをずっと、病気の妹のままにしてこの城館に閉じ込めていたいって思っていたのよ！」

「お兄様……？　それは、本当なの……？」

激しく抗議して、うさちゃんを罵《ののし》るかと思っていた。

「ああ……」

だが、アーネストは観念したように、ただ項垂れているだけだった。アーネストは死を目前に懺悔のように、ぽつりぽつりと呟いた。

「ずっと、兄としてお前に幸せな人生を送らせなくてはいけないという責任と、お前を愛する男として他の誰にも奪われたくないという身勝手な気持ちを行ったり来たりしていた。だから、このまま大人になんてならなければいいのに。そんなことを考えていた……僕の心が弱いばっかりに、こんなことにひどいことに巻き込んでしまって……ごめんよ、ディリィ……本当に、ごめんよ……」

涙ながらに許しを請う兄の切ない思いに、きゅっと胸が締めつけられる。

「お兄様……私、どこまでも一緒だから……」

天国の門から閉め出された自分たち兄妹の行き先は一つしかない。こうして現世に灼熱《しゃくねつ》の地獄が二人を罰しようと出現しているではないか。コーディリアは兄に必死にすがりついた。たとえ、灼熱の業火に身を焼かれて灰になっても二人の魂は一つだと言いたげにして。

「二人とも馬鹿ね！　ディリィ、お願いだから、その十字架を捨てて！　私の力は知っているでしょ？　こんな炎なんて簡単に消すことができるのよ！　ディリィも、お兄様も助かるの！」

いつも人を喰ったところのある彼女らしくない、とても、切羽詰まった声だった。

（私、どうしたらいいの……？）

コーディリアは思わず助けを求めようという気持ちになるが、アーネストはそれを制止する。

「僕たちがこんな目に遭うのは、兄妹で愛し合った天罰だったんだ。きっと生まれた時から定められていた、運命だったんだよ……」

アーネストはひどく遠い目をしていた。もう目の前の光景など見えていないようで、心はどこでもない別の世界に行ってしまったようだった。

「しょうがないわ。ディリィがその十字架を捨ててくれないのなら、代わりにお兄様の身体を貰うから。そりゃあ、男になるのなんて嫌だけど、あなたたちのような素敵な兄妹は他にいないもの。このまま、むざむざと主の祈りなんて唱えながら焼け死んじゃうなんて、私、とても我慢できない！」

「きゃっ！」

コーディリアは突如、頬を切るような疾風に全身を打たれた。月光のような鈍色の光がぬいぐるみから飛び出すと、それは疾風怒濤《どとう》の勢いでアーネスト目がけて突進する。兄が悪霊払いの儀式を執り行う際に、人やものからすうっと悪霊が出現する光景を、コーディリアも何度か見たことがあったが、これはまさしくそれであった。

「やめて！　お兄様、逃げて！」

コーディリアは叫ぶと同時に、胸のロザリオをかなぐり捨てた。アーネストを庇おうと全身を盾にして兄の身体に覆い被さる。

「ディリィ！　これは罠だ！」

コーディリアが最後に耳にしたのは、兄の悲痛な絶叫だった。


(ここは、どこ？)

原初の静寂に包まれた黒い森には、満ちた月が地上に落ちそうなほど大きく、宵闇に煌々《こうこう》と光り輝いていた。森の中の湖には、鏡のような水面に映るもう一つの世界がある。

(これは、私？)

コーディリアは吸い寄せられるように水面を覗き込んだ。そこには、黄金の髪をした中世の姫の姿が映っている。彼女が水の中で儚げに微笑むと、コーディリアの前世の記憶が呼びさまされる。

その昔、人目を忍んで愛し合う兄妹がこの城に暮らしていた。

いつの頃からか、各地で魔女狩りの気運が高まるようになると、ウィトリンを囲む森と兄妹も異端の嫌疑をかけられるようになった。そして異端審問官の手によって城は炎上する。

そこへ現れたのは、太古にこの森で信仰されていた異教の女神だった。彼女は取引を持ちかけた。姫の魂と同化して肉体を共有させてくれるのなら、この城を守ると。燃え盛る炎の中、姫は兄と城の人々のためにその提案を受け入れた。

だが、城は鎮火され審問官は討ち滅ぼされたが、魂の同化は失敗して姫は死んでしまった。

女神の宿った妹の亡骸《なきがら》は時が止まってしまい、兄はこれを秘かに礼拝堂に安置した。しかし、満月の晩になると、彼女の中に住みついた女神は霊力を取り戻し、自由に森へ脱《ぬ》け出してしまう。そこで、兄は高僧の力を借り、異教の女神を礼拝堂にある聖ミカエル像に封印した。本来、兄の目的は妹の生ける屍《しかばね》を隠すことだったのだが、村にはウィトリンの城主が吸血姫から村を守ったという伝承が残され、それが今日まで伝わっていたのだった。

そして、もっと昔、中世以前の記憶にさかのぼる。

十字架を掲げた修道士たちが、神秘の森に土足で踏み込んできた。邪神を滅すると神殿を焼き払われ、兄と共に身体を消滅させられたた忌まわしい記憶。

それから、魂だけがこの森で一人孤独にさまよっていた。

(そう、それは全部、私……)

遠い過去から自分たちを繋いでいる一つの糸は、身を焼かれようとも滅びぬ兄への恋心だ。

(今度こそ大丈夫。私たち、一つになれるわ)

水面に指を伸ばすと銀色の月に吸い込まれ、彼女たちと魂が溶け合ってゆく……。

九章　二人だけのエデン

雪解けも近いある日。めったに来客などないウィトリン・ホールに珍客が姿を現した。春はもうすぐといっても、外気を帯びた闖入者《ちんにゅうしゃ》が入ってきただけで部屋の温度が一気に下がる。そこで、コーディリアは召使いに命じて、泥炭と薪《まき》をくべて火を起こさせた。

城館にあの恐ろしい火事の痕跡はどこにも残っていない。真新しく修繕された内装も新たに調えられた家具も、ひときわ豪華になっていた。

「ガイ・フォークス・ナイトでもないのに、派手に爆薬を仕掛けた奴がいると聞いたぞ」

ヴァレンタインは上等なソファに深く身を沈め、くつろいだ様子で長い脚を組んでいる。久しぶりに会う彼は肌が褐色に焼けていた。インドにでも行っていたのかと思ったが、チベットの山奥を旅して雪焼けしたのだという。

「ええ、お兄様が相談に乗っていた、さるご夫人の夫が放火の犯人だったの。嫉妬深い陰湿な嫌な男で、夫人に繰り返し暴力を振るっていたのよ。それで、お兄様が相談に乗っていたのだけれども、それを逆恨みしたようね。でも、こんな事件を起こしてしまったものだから、近々、結婚を無効にする手続きが成立しそうなんですって」

「彼は司祭として相変わらず忙しいようだな」

そんな世間話の合間にノッカーが鳴った。

「失礼いたします。コーディリア様」

カリエールはうやうやしく礼をして、足音もなく応接室に忍び寄ってきた。

銀色の眼鏡の奥で瞳を爛々と輝かせ、相変わらず薄情そうなうすら笑いを浮かべていた。

ヴァレンタインはまだ彼にぞっとするものがあるらしい。だが、濁った瞳のこの男はもはや目の前のヴァレンタインになどなんの関心もないようで、主人であるコーディリアの命令に従おうと、銀のポットから紅茶を注ぐことだけに専念している。

「まあ、奴も悪行の限りを尽くしたからな。こんな末路を辿ったとて、俺は同情する気にもなれんが……」

「彼がああなってしまったのは事故だったけれど、これでなかなか便利なの。悪いことをして溜め込んだお金を全部使って、ここの城館も修繕してくれたのよ。それに、お兄様が行きすぎた親切心を発揮して上層部に睨まれそうになっても、彼は顔が利くから上手く立ちまわってくれているわ」

「それから、あの若い男は何者だ？」

ヴァレンタインが顎をしゃくって、暖炉の前に立つバジルの姿を示した。火一つろくに熾《おこ》すこともできない彼は、白いかつらを被った幽霊の下僕たちにいびられていた。

「ああ、バジルのこと？　彼は私たちの秘密に勘づいて、お兄様を破滅させようとしたの。

だから、私に完全服従の僕にしてやったのよ。お兄様はそんなことはやめてくれって言っていたけれど。私、お兄様を守るためならなんだってできるんだから！」

コーディリアはまだ怒りが収まらないのか、頬を赤くして唇を不満げに尖らせていた。そんなコーディリアに対して、ヴァレンタインはしょうがないなと肩をすくめてみせただけだった。

「一体、俺が立ち去ってから何があった？　吸血姫は一体どうなった？」

「彼女は元々、私の身体を乗っ取る気はなかったの。一人で寂しかったから安住の地を求めていただけ。今は私の中で眠っているわ。だから、私自身はあまり以前と変わったという感じもしないのだけれど」

コーディリアは以前と変わらぬ、甘い微笑みを浮かべている。

「ヴァルさんは、私たち以上に熱心にこの古城について調べていたもの。大体は真相に気がついているのでしょう？」

「それでも、いくつかわからん点がある。単刀直入に聞こう。彼女……いや、今は君自身か？　一体何者なんだ」

コーディリアは打ち明け話をする女の子のようにひそひそと話し始めた。

「彼女はね、紀元前よりももっと前、ずっとこの地で崇《あが》められていた女神だったの。満月の晩は特に彼女の神性が高まる大切な日で、森にある祭壇には人間からの御供物がたくさん捧げられたわ。葡萄酒《ぶどうしゅ》や、はちみつで練った小麦粉のお菓子。そして、美しい乙女の生贄《いけにえ》。彼女の儀礼に清らかな乙女の血はとても重要だったの。生贄の乙女は血をちょっとだけ吸われることもあれば、不死の命を与えられて神殿に巫女として仕えることもあったの。純血種の正体は、古い神々だったのね」

「それから、もう一つ。女神と中世の姫の魂の同化は失敗に終わっている。だが、君とは成功した。その違いはなんだ?」

「それは、私に流れる罪の血のせい。彼女の神族は血が濃くなる近親婚を、最も神聖で好ましいものとしていたの。お兄様がついに告白したのだけれど、私たちの本当のお父様とお母様も兄妹だったらしいわ。それに、私たちは古い貴族の血を受け継いでいるのよ。こういう家柄は昔から近親婚が盛んでしょう? 血族の濃い血こそが神性の証だと思っている彼女にとって、私の血は中世の姫君よりも十分に熟していたみたい。それで、拒否反応がなく同化できたの」

コーディリアは紅茶をゆっくり飲み干した。

「これで、もういい? お兄様が戻る前に、帰ってね。お兄様はヴァルさんが来ると、嫌な顔するの」

「兄さんは意外と嫉妬深い性格だ。まだ、キッチンで君に戯れにしたことを恨みに思っているのだろう」

しかし、そんな兄の執着心さえ嬉しいのか、コーディリアは熱っぽく瞳をきらめかせていた。何も聞かずとも兄妹の蜜月ぶりが伝わって、ヴァレンタインは諦めたようなため息を吐き出した。

「これ、お返しするわね。もう私たちには必要なくなったから。本当は悪魔も返したいところだけど。あの悪魔はどうしてもお兄様を手放そうとしないの。それどころか、最近はお兄様も悪魔をそんなに嫌がらなくなったのよ」

コーディリアは真珠のロザリオを手渡した。

「だろうな。あれは禁断の恋と信仰に悶え苦しむ尼僧の、引き裂かれそうになる心の暗がりから生み出された悪魔だ。どこか、君の兄さんに似ていると思わないか？　きっと、気が合うんだろう」

「ええ、本当にね」

「これは、俺からのみやげだ」

ヴァレンタインは真珠のロザリオを大切そうにポケットにしまうと、代わりに硝子の珠を繋いだブレスレットのようなものを取り出した。珠には何か不思議な文様が刻まれており、どこか神聖さを漂わせている。

「これは数珠というものだ。チベットの高僧に伝わる秘義に関する神具なのだが……」

コーディリアは食い入るように、ヴァレンタインの話に耳を傾けていた。

深夜だったが、アーネストは急に覚醒する。

だが、夢から醒めたはずなのに、夢のように愛らしい妹が戸口に立っている。

「お兄様……」

月明かりが満ちる部屋。淡雪のように白い肌をした妹は、他にたとえようもなく美しかった。エメラルドように透き通った瞳には星が輝いて、唇は薔薇の蕾のようだ。長い睫毛を伏せて、遠慮がちにこちらの様子を窺っている。

「そうか、今夜は満月だったね」

アーネストは慣れた手つきで襟を緩めると、白い咽喉元をさらけ出した。すると、コーディリアは音もなく、寝所に忍んできた。

「さあ、おいで。我慢しなくていいんだよ」

やさしい声色で誘うと、コーディリアはおずおずと寝台に上がった。まるで、ミルクが欲しいとおねだりをする子猫のように、喉元に顔を擦りつける。血が欲しいと糖蜜のように甘ったるく囁かれれば、愛らしい仕草と声色に酔って、アーネストは陶然とした面持ちになる。

コーディリアは牙を突き立てると、極上の美酒を味わうように咽喉を鳴らす。

「美味しいかい？」

アーネストの血の味を知ってからというもの、他の血が不味《まず》くて飲めなくなってしまったのだ。

「うん。でも、お兄様、痛い？」

時々、アーネストの顔をちらりと上目遣いで窺っている。

「いや……実はすごく気持ちいいんだ……」

アーネストは白い咽喉をさらしながらうすく唇を開き、とろんと夢心地な瞳をしていた。ずっと、コーディリアが幼い少女の生き血を啜るのを、羨望《せんぼう》の眼差しで見ていた。あんなふうに、妹に牙を突き立てられて、血を吸い尽くされたい。そんな欲望を感じていたものだ。

「ああ、全部あげるよ。お前にならすべてをあげる……んうっ」

「全部なんてダメよ、お兄様死んじゃうわ……」

アーネストの言葉が、コーディアの胸に突き刺さった。辛そうに顔を背けると、朱に染まる小さな唇を心細げに震わせていた。もう、人間らしく涙を零すことはない。それなのに、まるで泣きべそをかくみたいなあどけない顔をしている。どんな時でもコーディリアのこんな顔を見ていると、アーネストはひどく慌ててしまう。もう、条件反射なのだろう。

「ねえ、そんな顔しないで」

「絶対に私のもとからいなくならないって約束して」

「ディリィ……」

アーネストがやさしく背中を摩ってやると、コーディリアは一時だって離れたくないと言いたげに腕に力を込めた。コーディリアはアーネストが暖炉の中に放り込んだのが毒薬だったと気がついてしまった。それ以来、死を望む気持ちをまだ隠し持っているのではないかと恐れている。実際、アーネストにその考えがまったくないと言えば嘘になるが、こんなふうになってしまったコーディリアを一人ぼっちにできるはずはない。

「そんなに拗《す》ねちゃって。これで、ご機嫌を直してくれるかい？」

アーネストは約束の代わりに、可愛らしく拗ねている妹の顔を引き寄せた。やわらかな唇を押し当てて、甘い口づけで弱気な言葉を封じようとする。

「うんっ……ズルイ……約束して……」

アーネストは何度も角度を変えながら唇に強く吸いつき、頭がぼうっとするくらい口腔を掻き乱す。互いの舌を絡めると血の味が滲んだ。

その背徳の味が口に広がると、アーネストは猛然と狂おしい気持ちになる。アーネストは熱くたぎる思いをそのままぶつけながら、ねっとりとした口吸いを繰り返す。アーネストは司祭であるとか、兄であるとか、すべてを忘れて全身全霊でコーディリアの情欲を燃え上がらせようとする。

「あッ……」

コーディリアがか細い喘ぎを吐き出すと、アーネストは夜着の裾をたくし上げた。すると、もう内腿が湿っていた。自分の愛撫に素直に感じていてくれているのだと思うと、いっそう胸に愛おしさが込み上げる。

「おやおや、もうこんなになってしまって」

アーネストは澄ました顔で、ちょっと揶揄《やゆ》した。コーディリアは一瞬、いけないことをしてしまったかのようなばつの悪そうな顔をしている。妹のこんな顔が見たくて、アーネストはついつい小意地が悪くなってしまうのだ。

「だって、お兄様がいっぱい、キスするんだもの……」

そんな、とろけそうな顔をされると、一晩中だってキスしていたい気分になる。

「じゃあ、もっとしようか」

柔肌のあちこちに口づけの痕を撒《ま》く。すると、まるで花がほころぶように、白い肌がほんのりと薔薇色に色づいていた。花びらのような口づけの痕を体中に刻まれながら、コーディリアはとろんと微睡《まどろ》むような瞳をしている。身体の線をなぞるようにして熱く火照る身体を愛撫すると、そのたびに、びくんと愛らしく肌を粟立たせて敏感な反応を見せ始める。

「ねっ、ねえ……そろそろ、入ってきて」

コーディリアは躊躇いがちにおねだりをする。そんなふうに言われたいから、妹のお許しがあるまで決して挿入はしない。いつも、愛撫にじっくりと時間をかけて、コーディリアの身体がとろけきった頃に、痛いくらい屹立した欲望の塊をずっと熱い肉襞に埋め込むのがいいのだ。

「今日はいつもと違うことをしようか？　ディリィをいっぱいにしてあげるよ」

アーネストは妹の華奢な身体を軽々と裏返して、それを四つん這いにさせた。細腰を高く持ち上げると、後の蕾まで露わになる。

「いやっ、全部、見えちゃう……」

嫌と言いつつ、本気で嫌がっていないことは、アーネストにはお見通しだった。羞恥と淫らな期待に小さく震える妹を抱きかかえ、蜜でトロトロになった濡れ襞に、熱い肉の楔を一気に打ち込む。

「あーっ！　あぁ！」

待ち侘びていた兄の熱い肉がいつもより深くめり込むと、コーディリアはとろんとした瞳をしてそれを受け入れる。

あんなに躊躇していた最後の一線も、一度踏み越えてしまえばなんてことはなかった。それは、禁じられた獣の交わりだったが、背後から女肉を貫き、自由自在に腰を穿つ快楽に勝るものはない。もはや、永遠の時を得て、人として胎児を孕むことのなくなった妹にだったら、アーネストもなんの躊躇いもなく熱い精液を流し込むことができる。

「はあっ……どう？　すごく僕を感じるだろう？　お前の子宮に、兄さんのをいっぱい注いであげるからね」

アーネストはしてはならないことをする快感に酔っていた。柔らかな尻肉をぐいと摑むと、一層結合を深くし、思いの丈をぶつけるように激しく腰を叩きつけた。いきり立つ熱い肉棒は蜜で潤んだ隘路を掻き乱し、ぐちゅぐちゅと淫らな水音を立てながら引いて、突き上げるのを繰り返す。

「あぁっ、はぁっ……!」

時々、あどけない顔が揺らいで、少女でも大人でもない顔を覗かせることがある。そんな妹を見ていると、ヴァイオリンの弦が震えるような、切ない疼きを胸の奥に感じた。自らが強引に開花させた白い小さな花は、狂い咲きのように妖しい色香を発して、アーネストの魂を鷲掴《わしづか》みにする。

「はあぁッ……あぁっ、ディリィ、たまらないよ。なんで、こんなに好きなんだろう……お前のことを本当に愛しているのは、この世で僕しかいないよ!」

コーディリアの姿形の可愛らしさだけにちょっと興味を持っただけの、赤の他人に何がわかるというのだろう。自分だけが、コーディリアのすべてを愛している。神をも恐れぬ罪を犯したって、血液を貪られる餌になったって構わない。

「は……んっ……そっ、そうよ、お兄様しかいないわ」

狂おしい熱情で汗ばむ華奢な身体を揺さぶると、狭い肉洞の中で欲望の塊はどんどん大きくなって破裂しそうになる。だが、もっと、妹の望むものを与えなければならない。アーネストは、射精の衝動をぐっと堪えようとする。

丸く膨れ上がった女芯をぎゅうぎゅうと押し潰しながら、充血して硬くなった子宮口を切っ先で抉るように擦れば、コーディリアは甲高い悲鳴を上げ、膝が萎え身体が崩れそうになる。

「あーッ！　おっ、奥に当たって……」

奥に当たった硬い肉棒を、膣襞が切なげにきゅうっと締めつける。

「あうっ……奥がぎゅって締まったよ……お前はこんなところも甘えん坊なんだから」

太い突きが根元までめり込んで、禁断の子宮口に突き刺さる。コーディリアの頭は恍惚でぐちゃぐちゃになったようで、切なげに眉根を寄せながら無意識に腰を揺らしていた。妹と深く身体を繋げていると意識するだけで、まるで甘い毒が全身に染み込んでいくようだった。

それは異教の神のネクタルのように、身も心もとろかしてしまう。

「……んあぁっ！　最後まで入ってるよ、お前の中に！」

コーディリアの清らかな白い肌は、誘惑するような甘い匂いを発していた。

「ああっ、いっぱいになっている……お兄様だって、わかるくらいに……」

コーディリアは崩れそうになりながら淫らに腰を揺すり、粘り気のある白乳のような愛液を止めどなく流した。

「ああっ……ディリィっ、そんなにいいんだね……うくっ」

だんだん頭には桃色のうす靄がかかって、身体は天国に浮遊するような錯覚に襲われた。

それからも、あらゆる体位で交わって、兄妹は身体を繋げながら貪るような熱い口づけを交わす。熱い塊で、蠢く舌で、全身を隙間なく塞ぎながら汗ばむ白い肌を寄せ合えば、どろどろに溶け合うほどの一体感で、狂気に似た歓喜が込み上げる。

「お兄様ぁぁあ！」

「くっ……あぁっ」

甘い響きのソプラノとテノールが重なり合って、月明かりに静まり返った寝室に幾重にも木霊した。とろけるように熱くなった膣は狂おしく圧搾を繰り返し、男根を奥へ奥へと攫おうとした。

「ディリィ、全部、あげるよ！　僕のすべてをあげる！　最後の一滴まで僕を貪って！」

アーネストは首筋から一筋の鮮血を流し、時間の止まった妹の子宮に命のすべてを吐き出した。官能と死が交錯し、真っ白な暗闇に堕ちてゆく。

あれからもお互いの命を貪るように激しく交わって、目覚めればまだ夜明け前だった。開け放たれたカーテンの向こう側から、月光が降り注いでいる。ワックスで鏡のように磨き上げられた大理石の床は、まるで異界に続いている水面のようだった。コーディリアが床に反射する自らの姿を覗き込むと、それは中世の姫のようにも、太古の女神にも見えた。

コーディリアは月明かりに照らされた兄の寝顔をじっと見つめる。

形のよい薄い桃色の唇を微かに開き、安らかな寝息を立てている。兄の普段は見せない無防備な姿に、温かな微笑みが自然に浮かんできてしまう。

そっと、胸元に耳を寄せると頬に伝う温もりが心地よく、確かな胸の鼓動が聞こえてくるとコーディリアは安堵を覚える。兄をカリエールやバジルのような、不死を与えられた哀れな奴隷になどできるはずはない。

「可哀想なお兄様……」

自分たちの出生の秘密を知り、このような事態を招いたことも、コーディリアには最悪の結末ではなかった。むしろ、恐ろしい秘密を知らないままで、誰かとごく普通の幸せな人生を送るなどあってはならない。だが、アーネストは穏やかな、ごく平凡な人生を送る幸せをコーディリアにだけには与えたいと望んでいた。すべてを知った今ならば、兄の悲痛なまでの願いがわかる。

だが、それは所詮幻だ。呪われた吸血姫と悪魔憑き神父。これが両親の近親相姦《そうかん》の罪の上に産み落とされた自分たちの本性なのだろう。もう、自分たちにはどこにも行き場なんてないのだ、お互いの傍にしか。

(化け物だって構わない。この力があればお兄様を守ってあげられるから)

失ったものはあまりにも大きいが、それでもコーディリアはそのすべてを受け入れたのだ。

もう、無慈悲な世間に翻弄されることも、心が凍りつくような人の醜さに傷つけられることもない。コーディリアは兄のためならばどれだけでも強くもなれる、残酷にもなりうる力を手に入れた。

（これ、どうしましょう……）

ヴァレンタインから渡されたあの数珠。チベットの高僧は輪廻転生《りんねてんしょう》という秘術を使い、魂を次に生まれてくる肉体に移し替えることができるというのだ。ただし、それは聖人と崇められるくらい徳の高い僧侶に限るらしい。

（お兄様のような清らかな魂の持ち主なら、上手くいくかもしれない……）

アーネストは罪人である自分は、死後地獄へ行くのだと頑固に決めつけている。それが聖職者としての信仰の証であり、その罪深さゆえに神を愛することができるのだと。だから、魂の転生などという異教の習慣を受け入れることを頑なに拒むだろう。

コーディリアが思わしげな顔で兄の寝顔を覗き込んでいると、ふいに温かい手が伸びてコーディリアの頬を包み込む。ふいに、唇が重なった。

「あら、お兄様。起きていたの？」

「ああ、薄目を開けて、熱心に僕の顔を覗き込むお前を見ていた」

幼い頃から変わることのない兄の美しい微笑。それは、余人には穏やかで、天使のように清らかに見えることだろう。でも、コーディリアにだけはわかっていた。それは辛いことを我慢して、悲しみをひた隠している顔だ。そんな兄だからこそ愛している。

「ごめんなさい……」

きっと、コーディリアはいつか兄の魂を永遠に攫ってしまうだろう。だが、その謝罪の真意をアーネストは気がついていなかった。いつもの、弱気な心が謝らせたのだと勘違いしている。

「そんな顔しないで、ディリィ。僕の世界でたった一人の愛おしい妹……僕はお前が傍にいてくれさえすればいいんだ。お前をここに閉じ込めるよ。永遠にね」

「あっ」

気がついたら兄の腕の中に閉じ込められていた。月光のようにきらめく黄金の髪、森を思わせる緑の瞳に見つめられれば、コーディリアは何度だって恋に落ちるだろう。

恐らく、中世でも、太古の昔でも。前世からこうやって兄は、妹を誘惑したのだ。

「ええ、私をお兄様のもとに閉じ込めて。もう、離さないで」

そして、未来も……。

エピローグ

長い冬が終わり、イースターを境に庭中に春が訪れていた。

春の大掃除をしていたコーディリアは、懐かしいものを見つけた。

茶色い薄汚れた紙は、いつかドロシーが持ってきたすごろくだった。コーディリアの部屋に置いてあったので、あの火事で焼けるのを免れたようだ。そのドロシーは今日、村の若者と結婚式を挙げる。メアリーはあれから一度もアーネストと顔を合わせることもなく、遠くへお嫁に行ってしまった。たぶん、兄をどうしても忘れられなかったのだろう。

「ふりだしに戻る」

その文面があまりにも皮肉なので、読み上げたコーディリアは思わず変な笑いを上げてしまう。

自分たち兄妹は必死に悩んで、もがいて、苦しんで。そして、結局ふりだしに戻ってきてしまった。あれから、もう何年経っただろう。コーディリアは今も世間では病気の妹のままだ。そして兄妹という二人の関係も、永遠に変わることはない。

——もう僕らには必要のないものだから。

アーネストは来客はお断りとばかりに、跳ね橋も上げてしまった。教会へ出勤する時は、礼拝堂裏の崩れた壁から森を通って出てゆく。だから、コーディリアはこの四角い城壁に囲まれた古城の外に出ることもない。出たいとも思わない。

「だって、ここはとっても素敵な場所だもの」

コーディリアは一仕事を終えると、円柱形のあずまやでくつろぐことにした。真っ白なティーガウンに着替えて、腰の高い位置で水色のサッシュベルトを巻く。お茶は後でカリエールかバジルに運ばせるつもりだ。

青い芝を踏んで、四角く刈り取った生け垣を歩きながら、青と紫の花でいっぱいの花壇を眺めて歩く。湖の周りに白さの眩しいユリが咲き乱れ、水草の浮かぶ湖水には白鳥の親子が泳いでいた。アーネストが餌付けに成功して、ここに巣作りをするようになったのだ。あずまやの柱には香り高いオールド・ローズの白い花が咲き誇り、アーチのてっぺんを屋根のように覆い隠していた。

ここはまるで、古城に隠したエデンの園。アーネストが作り上げた完璧な庭。そして、この庭の完璧さに欠かせないもの。それは、永遠に少女である妹、コーディリアの存在。

時が止まったような静かな午後だった。

コーディリアは本を開いたが、薔薇の甘い匂いに心地よくなって微睡んでしまった。

――コーディリア……。

夢の中で自分を呼ぶ兄の呼び声がぼんやりと響いていた。

気がついたらすっかり日が暮れていた。月と星が紺色の空にまたたいていたが、まだ暗闇というほどではない。いつのまにかアーネストがベンチの端に腰掛けて、コーディリアの寝顔を覗き込んでいた。

「どうだい。お昼寝は気持ちよかったかな?」

「お昼寝じゃないわ。読書をしていたの」

コーディリアは本を掲げて、ばつが悪そうにする。すると、アーネストは小さく笑っていた。

「それに、春の大掃除でちょっと疲れていたから……」

「ごめん、ごめん。ディリィは毎日よくやってくれていると思うよ。だから、今日はいい子のディリィにとっておきのおみやげがあるんだ」

アーネストは百貨店で買い物をしたときに包んでもらえる紙製の箱を抱えていた。また、新作のドレスでも買ってきてくれたのだろうか。正直、コーディリアはもう新しい衣装を欲しくなかった。本当に欲しいものはたぶん違うもの。それがなんなのかコーディリア自身にも上手く説明できないのだが。

「開けてごらん」

「うっ、うん……」

それでも喜ぶ顔を見たそうにしている兄の手前、もういらないともいえない。

「あっ！」

だが、コーディリアは感嘆に息を呑む。それは、素晴らしい純白のヴェールだった。

「女王陛下も婚礼で身につけられたという、手織りのホニトン・レースなんだ」

コーディリアは生地を包んでいる薄紙を取り除け、そっと指でヴェールを摘まみ上げた。

宵闇に白くきらめく繊細なヴェールの美しさにじっと魅入ってしまう。

「どうしたの、これ？」

「今朝、ドロシーの結婚式の話をした時、お前すごく寂しそうな顔をしていただろう？　だから、街のアンティーク・ショップに寄って買ってきたんだ」

アーネストはヴェールをコーディリアの金色の髪にふわりと被せた。

それから、オールド・ローズで花冠を、ユリで花束も作ってくれた。

「うん。世界で一番、綺麗な花嫁だ」

夢見るような眼差しで、花嫁姿のコーディリアを見つめている。

「僕って便利だね。エスコートをする花嫁の父も、誓いの言葉を宣誓する神父も、花婿も。一人で三役こなせるのだから」

いたずらっぽく笑うと、ポケットからダイヤのついたリングを取り出した。

「これも買ってきたんだ。鋳物屋《いもの》でお前のサイズにお直し済みだよ」

「ねえ、こんなこと本気なの？」

コーディリアは胸がドキドキしていた。こんなこと、たとえごっこ遊びでさえ、兄は絶対にしようとしないと思っていたから。アーネストはコーディリアの手を取ると、ほっそりとした薬指にダイヤの指輪をはめた。

「お前は僕のたった一人の妹。そして、永遠の恋人。それで、今日から僕の奥さんなんだ」

背を屈めたアーネストの端整な顔が近づいて、唇がやさしく触れ合った。何千、何万いくどとなく求め合った口づけも、まるで初めて交わすような神聖な気持ちになる。

「病めるときも、すこやかなるときも、生涯互いに愛と忠義を誓い合いますか」

「はい。誓います」

「僕も誓うよ」

アーネストが神父と新郎のセリフを交互に言うものだから、コーディリアはいつしかクスクスと笑いが止まらなくなってしまった。兄妹はしっかりと手を繋いで、白いヴェールをたなびかせながら、甘い匂いの漂う夜の庭園をそぞろ歩いた。澄み渡る空に浮かぶ銀の月、降ってきそうなほどの星がダイアモンドのようにきらめいている。

「綺麗な星空ね。まるで、この指輪みたい」

「綺麗なのはお前だよ」

甘く抱き合う二人を夜気がやさしく包み込み、召使いの幽霊たちが祝福する。

自分たちは光を求めて、普通の幸福を求めて、結局、暗闇に堕ちてしまった。
でも、それでもいい。暗がりの中の方が月がよく見えるのだから。

あとがき

こんにちは、嵐田あかねです。

本作は義理でも、片親だけでもないガチの兄×妹の禁断愛もの。おまけにヒーローの兄は神父という、王道からはるか百万光年くらい離れたマニアックな内容になっております。

テーマはずばり、常軌を逸した愛です。

たくさんの人の中から選んだり、選ばれたりした末、運命の赤い糸で結ばれたりするのではなく、逃れられない宿命。この世に二人ぼっちというような閉じられた世界観となっております。

舞台は幽霊の出るいわくありげな古城。その上、吸血姫やら悪魔やら出てきて……なんだかちょっと怖そうと思った方もいらっしゃるのではないでしょうか？　実は私、大の怖がり。だから、ホラー要素は近親相姦を成立させるための手段というか、雰囲気だけなのでご安心を。

時代背景はヴィクトリア朝後期です。

完全にファンタジーの設定よりはもう少しリアリティがあった方がいいなということで、架空英国が舞台となりました。本当は、英国の聖職者は牧師のイメージが強いのですが、神父じゃないと禁断さや悪魔との関わりが薄れてしまうので、こういう設定になりました（ちなみに、牧師さんは結婚も可）。

架空英国ということで当時の小物や、年中行事のシーンなどをいたるところに散りばめてあります。ヴィクトリア時代というのは工業化が進んで便利になった反面、都会に疲れた人々は美しい田園の風景に憧れを抱いていたようです。全体としては仄暗いお話なのですが、そんな理想の田舎暮らしを想像しながら、料理やガーデニングなど穏やかなシーンで兄妹を遊ばせるのは、書いていてとても楽しかったです。

登場人物に関しては、なんといっても金髪美形で一人称が『僕』の神父ヒーロー、アーネストを書けたことに尽きます。妹をすべてのものから守ろうとする健気な兄ですが、完璧であろうとすればするほど心の暗部が深くなっていって……というちょっと複雑な性格です。永遠に流行なんてこないだろうと思いつつ神父様大好きです。秘かに神父ヒーロー増えないかな……と願っています。

妹コーディリアは素直な甘えん坊。ちょっと事情があって、見た目が十三歳の少女なわけですが、これも私の趣味のど真ん中だったりします。アリスファッションやケイト・グリーナウェイのスタイルに代表される、ヴィクトリア時代の少女文化は本当に可愛いです。

二面性のある兄と、天然な妹。本当に囚われたのはどっち?

そんな秘密めいた雰囲気もお楽しみいただけているとよいなと思います。

今、キャララフをいただいたのですが、麗しい兄妹に「きゃーっ」と歓喜の叫び声を上げそうになってしまいました。そして、ヴァレンタイン。脇役なので外見のイメージすらなかったのですが、あまりのカッコよさに度肝をぬかれました! ワンシーンのイラストだけではもったいないくらい素敵なラフで「いっそ、こっちがメインでも」と囁いたのは、お電話でお話をしていたS様だったのか、私の心の中の悪魔の声だったのか……もはや、わかりません。

今回はイメージが先行したタイプの作品だったので、文庫化に当たり編集のS様には的確なご助言、ご指導をいただき、ありがとうございます。そして、イラストをお引き受けいただいた鳩屋ユカリ先生、素晴らしいイラストをありがとうございます。

今回、データの処理などで印刷所の方にも大変お世話になっていたことを知りました。

各方面にお世話になりながら、本が出来上がってゆくことを実感いたしました次第です。

改めて、この出版に関わってくださったすべての皆様に厚く御礼申し上げます。

そして、読者様。ここまで読んでいただいて、本当にありがとうございます。

みなさまに感謝の気持ちを込めて！

嵐田　あかね

本作品は書き下ろしです

嵐田あかね先生、鳩屋ユカリ先生へのお便り、
本作品に関するご意見、ご感想などは
〒101-8405
東京都千代田区三崎町2-18-11
二見書房　ハニー文庫
「古城のエデン～誰にも言えない兄妹の秘密～」係まで。

Honey Novel

古城《こじょう》のエデン
～誰《だれ》にも言《い》えない兄妹《きょうだい》の秘密《ひみつ》～

【著者】嵐田《あらた》あかね

【発行所】株式会社二見書房
東京都千代田区三崎町2-18-11
電話　03(3515)2311[営業]
　　　03(3515)2314[編集]
振替　00170-4-2639
【印刷】株式会社堀内印刷所
【製本】ナショナル製本協同組合

落丁・乱丁本はお取り替えいたします。
定価は、カバーに表示してあります。

ISBN978-4-576-15102-1

http://honey.futami.co.jp/